Der eine Sohn

DER EINE SOHN

ROMAN

G. H. H.

APHAIA VERLAG

Den Toten.

Nebel.

Vor dem Wäldchen dehnt sich eine weiße Wand, in der sich hier und dort graue Schatten bewegen.

Wo es bleich glüht, schon hoch über dem verborgenen Horizont, steht die Sonne, an einem Frühlings- oder Herbsthimmel, im Traum oder in der Erinnerung, das ist nicht zu unterscheiden. Pferde wiehern. Nachts hat es stark geregnet. Seit Wochen haben die Männer in ihren Uniformen geschlafen.

Der Offizier erinnert sich, dass er zum Kommando gerufen wurde und sich dort duschen konnte, damals. Irgendwann im Krieg. Hat er seine Uniform wechseln können? Er weiß es nicht mehr. Nebel. Eine weiße Wand, durch die mit einem Mal, mit diesem Pfeifen, Granaten fallen und erst noch in der Luft und dann im Schlamm und an den Unterständen explodieren. Die Mannschaft rennt zum Feldgeschütz, um es außer Reichweite der schweren Artillerie zu bringen. Kaum gelingt es ihnen, die Pferde vorzuspannen, die vom Einschlag der Granaten scheu werden, obwohl sie längst daran gewöhnt sein müssten.

Während alles nach seinen Befehlen abläuft, scheint der Offizier zu schweben, als hätte er schon damals geträumt, als sich belanglos und schnell vorübergehend eingeprägt hat, was sich ständig und ohne große Abwechslung durch alle Jahreszeiten und jahrelang wiederholt. Nur im Nebel ist das Durcheinander des Rückzugs auf eine weniger gefährdete Position nicht so oft vorgekommen. Die Infanterie bleibt zurück und verflucht die Feldartillerie, deren Nähe sie den Granatenregen zu verdanken hat. Der Nebel hüllt alles ein. Die Kleinbahn rüttelt über die Gleise. Der Märztag ist hell.

Der junge Mann scheint zu schlafen. An den Schläfen weicht sein Haaransatz schon etwas zurück. Ein zerschlissener Soldatenmantel deckt ihn zu. Die Frau auf der Sitzbank gegenüber ist älter als er. Sie trägt schwarz. Ihr Blick ruht nachdenklich auf seinen Händen, die nicht verbraucht und hart sind wie die der Bauern, von denen viele nicht zurückgekommen sind. An etwas bestimmtes denkt sie nicht. Aber diese unverbrauchten Hände ziehen sie an. Mit einem Seufzen beugt sie sich vor und berührt seine Hände mit ihren Lippen. Eine Strähne hat sich aus ihrem strengen Dutt gelöst und fällt auf sein rechtes Handgelenk. Er spürt die Berührung und öffnet einen Augenblick die Augen, ohne schon aufzuwachen. Seine Hand verkrampft sich und die Frau schreckt zurück. Beobachtete sie jemand, so würde er sie nicht wiedererkennen, so jung sieht sie auf einmal aus. Sie setzt sich wieder aufrecht hin und ihr Gesicht verwitwet aufs Neue.

Die Felder, zwischen denen die Gleise verlaufen, liegen noch völlig brach. Hier und da grünt es im Schnee, wo Wintersaat ausgebracht wurde. Meist fehlt das Geld dazu, von den Arbeitskräften zu schweigen. Pferde stehen kaum noch in den Ställen. Die Frauen pflügen schon das dritte oder vierte Jahr mit Kühen, im Nachkrieg wie im Krieg. Pferde sind so viele gestorben wie Männer. Früher war die Frau selbst geritten. Die Hände verkrampfen sich in ihrem Schoß.

Mit einem Ruck und einem Fauchen kommt die Kleinbahn zum Stehen. Hastig steht sie auf und öffnet die Tür des Abteils. Als sie aussteigt, beleuchtet die Nachmittagssonne einen Augenblick lang ihr Gesicht. Der Soldat ist aufgewacht und sieht sie so, in der flüchtigen Bewegung plötzlich schön, ehe er sich erinnert, wo er ist. Er springt auf und schaut aus dem Fenster der zuschlagenden Abteiltür, um zu sehen, wo er ist. Erst sagt der Ortsname ihm nichts, dann erinnert er sich. Noch eine Station, dann ist er noch nicht daheim, aber nicht mehr weit von seinem Dorf entfernt.

Die Frau in Schwarz ist verschwunden. Er setzt sich wieder hin und fährt sich mit der Hand durch die Haare. Jetzt ist er hellwach.

In Magdeburg hat der Heimkehrer die halbe Nacht im ungeheizten Wartesaal verbracht. Dann hält er es auf der Bank bei den anderen Schläfern nicht mehr aus und geht hinaus, um frische Luft zu atmen. In einer Gasse hinter dem Bahnhof spricht ihn eine an, die dort noch auf Kundschaft wartet. Sie friert ebenso wie er. Als er zögert, drängt sie sich an ihn heran und sagt, lad mich wenigstens ein, wo wir es warm haben, jetzt kommt sowieso keiner mehr. Er nimmt die Hände aus den Manteltaschen und nimmt sie in den Arm.

Ich habe kaum Geld, sagt der Soldat, ich war anderthalb Jahre im Lager. Sie schmiegt ihr Gesicht in seinen Mantelkragen und sagt nichts. Anderthalb Jahre, wiederholt er. Unter ihrem Mantel kann sie nichts warmes anhaben. Er spürt, wie sie zittert und drückt sie so fest an sich, dass sie zusammenzuckt. Ich will dich nur wärmen, sagt er, Du brauchst dir nichts dabei zu denken. Ich möchte aber auch gern. Komm mit. Wie ein Liebespaar entfernen sie sich vom nächtlichen Güterzuggeschiebe des Bahnhofs. Die Stille der Stadt umhüllt sie, bis sie an einer Straßenecke zu einem Tiefparterre kommen, aus dem Stimmen hervordringen. Die junge Frau zieht ihn die Stufen hinunter zu einer Seitentür, die in einen Durchgang führt. Wir können auch hineingehen, flüstert sie, aber wenn sie dich sehen, wollen sie Geld für die Suppe, die Du mit mir isst. Komm nach hinten und wart auf mich. Er zögert. Anderthalb Jahre lang hab ich keinen Kuss bekommen, sagt er schluckend, also stellt sie sich auf die Zehenspitzen und gibt ihm einen ganz kleinen. Kommst Du mit? fragt sie noch einmal und schmiegt sich an ihn an. Jetzt folgt er ihr.

Hinten gibt es einen Abstellraum mit aufeinandergestapelten Gartenmöbeln, in dem ein Verschlag abgeteilt ist. Darin stehen ein eisernes Bett, ein Stuhl und ein Kanonenofen, durch dessen Ritzen noch Glut schimmert. Neben dem Eingang liegen ein paar Säcke Kartoffeln übereinander. Vorhin hab ich ein paarmal nachheizen können, sagt sie und wirft ihm einen prüfenden Blick zu, um zu sehen, wie das auf ihn wirkt. Mir gefällt es hier, sagt er, im Lager waren wir zu acht in einem Raum. Kartoffeln hatten wir auch. Sie lacht und lässt ihn allein.

Wirklich warm kann es hier nicht werden, aber seinen Mantel legt er auf die Kartoffelsäcke. Sein Uniformrock ist ausgebleicht und sieht doch ganz ordentlich aus. Ein gutes Hemd hat er nicht mehr, deshalb zieht er ihn nicht aus, außerdem fröstelt ihn. Von einer Suppe hatte sie gesprochen. Das ist mehr, als er vorhergesehen hat. Er setzt sich auf das Bett und lehnt sich nach hinten in die aufgeplusterten Kissen, die es in einen Diwan verwandeln. Die Augen fallen ihm zu.

Eines Tages hat er getötet. Er erinnert sich ganz genau. Nur der Zusammenhang fehlt. Das Gesicht, der Ort, die Zeit. Er weiß, dass er getötet hat, wenn er jedoch erwacht, erscheint ihm alles wie ein Traum. Von einem Tag zum andern verwandelt sich der Traum. Er träumt, vergessen zu haben, dass er getötet hat. Beim Erwachen löst der Traum sich nicht auf. Verzweifelt versucht er, das zu erinnern, was sich ihm entzieht. Dann zeichnet das Bild eines Waldwegs sich ab, breit, ohne Fahrspuren von Lastwagen oder Kutschen, der zum Tatort führt. Nichts weiter. Dieses Stück Weg, wahrgenommen im

Augenblick des Sichumwendens, erzeugt ein unaussprechliches Unwohlsein, bei dem sich Schlaf und Wachsein nicht mehr unterscheiden lassen. Die eingebildete Wahrheit entzieht sich ihm. Er wagt nicht, sich davon zu überzeugen, dass alles ein Traum ist, da er nicht ausschließen kann, dass er es in ein Vergessen hinein verdrängt hat, dessen Gegenwart er spürt, wie ein Loch, das gefüllt sein will.

Im Lager und im Schützengraben umgeben ihn fünf Jahre lang andere Mörder, die nicht die mindeste Vorstellung davon haben es zu sein. Sie haben bloß ihre Pflicht getan, mit mehr oder weniger Erfolg, ohne sich selbst töten zu lassen. Vielleicht sind sie verwundet worden, sogar schwer, aber Mörder, nein, sie sind sich nicht bewusst, dass sie es sind, sie haben vielleicht getötet, aber Mörder sind sie nicht. Doch er fühlt, dass er getötet hat, anderswo, in einem Wald anscheinend, ohne dass er mehr darüber wüsste, ohne ein Gesicht zu sehen, ohne sich an den Augenblick zu erinnern, an den Grund, denn es braucht immer einen Grund, man hat eine Menge Gründe, wenn man tötet im Krieg, man braucht sich nicht zu rechtfertigen, auch wenn man auf das Töten hätte verzichten können, wenn man aus Wut getötet hat, aus Angst, aus Scham über das, was man vor dem Töten begangen hat, aus Angst sich nicht erklären zu können, aus Feigheit. Ja, er erinnert sich an ein Gefühl der Feigheit. Hat er wirklich getötet, dann hat er es aus Feigheit getan, also leidet er noch mehr, er weiß, dass er aller Wahrscheinlichkeit nach ein Feigling ist. Er ist ein Mann, also ist er ein Feigling, ein Schwächling, stark durch seine Schwächen, die ihn dazu gebracht haben, zu töten, aber wen? wann? wo? wie? warum? Diese Eingebung, ein Feigling zu sein, überzeugt ihn bei alldem nicht, sie ekelt ihn an, er braucht einen anderen Beweggrund. Er schläft ein, er wacht auf, der Traum kehrt wieder und kreist in seinem Hirn und niemand würde ihm hier zuhören, im Lager, wo alle getötet haben und alle Träume haben können, die seinem ähneln. Aber sie sprechen nicht davon.

Viel später wird er seinem Sohn, der den Großvater, den Vater des Sohnes, der aus dem Lager zurückkehrt, nicht gekannt haben wird, er wird ihm sagen, das Lager, das Gefängnis, die Gefangenschaft sind schrecklicher gewesen als der Krieg selbst, was ich, sein Enkel, verstehen kann. Daher schreibe ich ihm einen Traum zu, der mich gequält hat wie die Träume, von denen die Gefangenen gefoltert worden sein müssen, die Soldaten, die Mörder, die in Alpträume eintauchten, aus der Langweile entstanden, aus der Aufhebung jeder Tätigkeit, wenn sie Offiziere waren, Träume, geboren nach dem Ende des Kriegsalptraums, der sie mitgeschleppt und verschluckt und ausgespuckt hatte, um eingefangen und in Sicherheit gebracht zu werden, weit weg von allen, alleingelassen mit ihren Wünschen und ihren Ängsten und unaussprechlichen, nicht zu beredenden Alpträumen, deren Verrücktheit schon von einer verbotenen Wahrheit zeugt.

Der Soldat wird wach, als jemand an seiner Hose nestelt. Mit der Hand greift er in einen Haarschopf und öffnet die Augen. In der Stube riecht es nach Suppe. Die junge Frau sitzt sich neben ihn auf das Bett und schaut ihn fragend an. Dann hält sie ihm den halbvollen Napf mit Suppe hin. Das ist für dich. Ich kann noch einmal gehen und sagen, dass ich viel Hunger habe, aber dann musst Du mir etwas Geld mitgeben. Einen Napf geben sie mir so, mehr nicht. Bestimmt haben sie auch nicht viel sagt er, aber sie schüttelt den Kopf, nein, sie haben genug, es ist Gold im Haus, ich weiß es genau.

Der Soldat spürt, wie eine Gelegenheit ihn böse angrinst und seiner Geschichte eine Wendung geben könnte, die der

Vater nicht vorausbedacht oder verantwortet hätte. Ihn fröstelt wieder und er fragt, darf ich mich eine Weile bei dir ausruhen? Zieh dich aus, sagt sie, ich komm zu dir unter das Federbett. Schau mich nicht so an. Ihr Körper ist sparsam gebaut, ohne eckig zu wirken. Vor dem Krieg hätte sich niemand nach ihr umgesehen. Die Frauen waren überall gepolstert und keiner konnte sie sich mager vorstellen, außer ihre Taille. Jetzt sind die Polster verschwunden. Die Blicke der Männer können weniger schwelgen, aber sie kommen der Wirklichkeit der Körper näher als früher.

Der Soldat sieht kaum hin, da spürt er schon ihre Nähe. Das lässt er einfach so geschehen, weniger aus Müdigkeit, sondern weil er nicht mehr weiß, was nun zu tun ist. Diese Entscheidung nimmt sie ihm ab. Das ist kein Traum, ganz im Gegenteil. Es ist anstrengend und tut ihm gut und dann schläft er in den Tag hinein.

Den Kommiss will er endlich los sein, so wie alles, was ihn an die Gefangenschaft erinnert. Angefangen hat sie mit der Musterung. Freiwillig. Nach fünfeinhalb Jahren versteht er nicht mehr, warum er nicht die letzten anderthalb an der Großen Stadtschule ausgehalten und dort sein Abitur gemacht hat. Das Notabitur hat die Schüler zum Krieg verführt und ist schon im Krieg nichts mehr wert gewesen. Als Primaner hat er Geige gespielt. Das geht nun nicht mehr.

Das lange Warten auf den Anschluss mit der Kleinbahn hat ihn ermüdet. In Stendal hat er nichts zu essen bekommen, nur einen Apfel, den ihm ein alter Mann zusteckt, als er am Nordbahnhof nach der Abfahrtszeit fragt. Es gibt bloß zwei Züge am Tag, mit denen er nach Kleinau fahren kann, ohne umzusteigen. Erst hat er sich in der Kaserne melden müssen, ehe er nach Hause fahren kann. Den Frühzug hat er versäumt.

Das Offizierskasino in der Kaserne hat geschlossen. Dann schafft er es gerade noch auf den späteren Zug.

Der Soldat fühlt sich leicht, als er an sein Instrument denkt. An den Tag, als er mit ihm nach Warnemünde hinausgefahren ist und am Musikpavillon steht und einem Programm lauscht, das ihm noch immer in den Ohren klingt. Denn an diesem Tag wendet der Kapellmeister sich an den jungen Mann aus dem Publikum und lädt ihn ein, aufs Podium zu steigen und mitzuspielen. Von dort oben sieht er auf einmal ein Gesicht und spielt nur für ein Lächeln, das ein wenig streng wirkt, halblanges dunkles Haar um ein kluges Gesicht, ein wenig fülliger Busen in einem schwarzen Witwenkleid. Weil die Witwe nur stehenbleibt und sich nicht setzt, fürchtet er ihr Weggehen, ehe sein Spiel zu Ende ist. Sein Blick fleht sie an zu bleiben. Sie runzelt die Stirn und mustert ihn aufmerksamer, um sich dann doch hinzusetzen, wie um ihm zu zeigen, dass sie auf ihn wartet. Da ist er zum ersten Mal ganz mit sich allein. Mit seinem Spiel.

Eines Tages, spät im Jahr, begegnet er Nikola wieder, zufällig, in Uniform. Der Tag ist ziemlich warm für November oder Dezember, er erinnert sich nicht mehr an das Datum, windig ist es wie immer, aber noch angenehm. Auf dem Spazierweg hinter den Dünen kommt sie ihm entgegen. Sie gehen aneinander vorbei, ohne den Leuten zu zeigen, dass sie sich kennen. Nach ein paar Schritten, als er sich umdreht, Vorrecht des Mannes, sieht er, dass sie stehengeblieben ist, um auf das Meer hinauszusehen. Er wartet auf den richtigen Augenblick, dann geht er zurück und bleibt neben ihr stehen, ohne sie anzusprechen. Damit beginnt ein Spiel, das sie bis zur Vollkommenheit beherrscht. Sie murmelt, ohne ihn eines Blickes zu würdigen, Ihr wollt mir doch nicht noch einmal euer Beileid ausdrücken? Er betrachtet ihr Profil, die etwas freche Nase, die hohe Stirn, den koketten Haarschopf unter dem Schleier an ihrem Hut. Nein, sagt er aufs Geratewohl. Aber Ihr solltet es tun, sagt sie und bricht in ein stummes Lachen aus. Sie nimmt seinen Arm, ganz natürlich, wie den eines Bruders. Er weiß, dass er für sie immer noch ein Schüler ist und fühlt sich gedemütigt, weil sie so unbekümmert mit ihm spazierengeht. Er zählt nicht für sie.

Nikola ist ganz schwarzgekleidet und Eigentümerin eines Mannes, der auf dem Feld der Ehre verscharrt worden ist. Es gelingt ihm nicht, die geläufigen Phrasen abzuschütteln. Ihr Mann ist als einer der ersten gefallen, als einer der Dragoner, die zum Sterben nach Halen geschickt wurden, in Belgien. Welche Ehre, wenn sie jetzt mit einem Rekruten daherkommt, den sie kaum kennt, der sie nur aus Langeweile etwas angeht und aus Ekel vor sich selbst? Auf der Promenade scheinen die Leute gegeneinander vereinzelt zu sein. Männer führen ihre Hunde aus, Kinder gibt es nicht, bloß Kriegsversehrte, Veteranen und eben erst dazu geworden, dann ein paar Frauen unbestimmten Alters. Niemand merkt, wie Nikola ihn ins Unbekannte entführt.

Der Rekrut schweigt stille und tränkt sich an der unwahrscheinlichen Gegenwart und dem Parfum der jungen Frau, die kaum älter ist als er, da an seinem Arm. Natürlich hat er nicht mehr zur Schule gehen wollen. Mit zwanzig ist er dafür einfach schon zu alt. Jetzt, mit fünfundzwanzig Jahren, fühlt er sich alterslos, als müsse er dem Alter erst entgegenleben, das ihm wie sein eigener Großvater im Spiegel entgegengrinst. Er betastet seine Stirn, die viel höher geworden ist, als sie hätte sein sollen. So viele nutzlose Erinnerungen, mehr als für ein Leben reicht, denkt er, einfach nutzlos, schon in der Gefangenschaft sind sie nichts mehr wert gewesen. Denken viele so, dann wird es einen neuen Krieg schon deshalb geben, damit die Überlebenden Gelegenheit bekamen, das anzuwenden, was sie in vier oder drei oder zwei Jahren gelernt haben. Die ersten und die letzten schienen alle gefallen zu sein. Jedenfalls kommt es dem Soldaten so vor. Immer schneller hat sich seine Einheit mit neuen Rekruten aufgefüllt. Schließlich hat er nicht einmal mehr ein Pferd gehabt. Da ist auch ihm der Krieg zuviel geworden, in dem er jedesmal überlebt hat, wenn die anderen starben. Einmal ist er verschüttet gewesen und eben noch rechtzeitig ausgegraben worden. In geschlossenen Räumen hält er es nicht lange aus. Dann die Gefangenschaft.

Draußen ist es nun dunkel.

Der Zug besteht aus zwei Wagen, einem besseren mit Gepäckabteil und einem dritter Klasse. Sein Transportausweis erlaubt ihm, zweiter Klasse zu reisen, da er Offizier ist.

Leutnant ist er früh geworden und geblieben. Andere sind höher aufgestiegen, weil auch höhere Ränge ausgefallen waren und die Stäbe Nachwuchs brauchten. Ihm hat die Bereitschaft gefehlt, sich über den einfachen Gehorsam hinaus unterzuordnen. Der Vater ist auch kein Superintendent geworden. Erst jetzt denkt er an ihn. Der Vater erwartet ihn noch nicht. Von seiner Entlassung aus dem Lager hat der Soldat selbst ganz plötzlich erfahren. Zwei Tage vorher kommt sein Brief mit der Nachricht vom Tod der Mutter. Die Schrift wirkt nicht zittrig, nur fremd, denn Briefe hat sonst nur die Mutter geschrieben. Der Vater ließ grüßen. Meistens hat sie zum Schluss vom Vater gesprochen, dass dessen Gesundheit ihr Sorgen macht, die weiten Wege, die er jetzt meistens zu Fuß machen muss, weil kein Pferd mehr im Stall steht. Im Krieg wird manche Pfarrstelle nicht nachbesetzt.

Die Kirche will beim Kriegsdienst nicht zurückstehen. Wenigstens in der Etappe ist Erbauung Pflicht. Feldgeistliche haben sich dort, wo die Feldartillerie eingesetzt wird, nicht viele blicken lassen. Immer in Gefahr, das Feuer der schweren Artillerie auf sich zu ziehen, sobald die Infanterie aus ihrer Unterstützung anfängt, einen Vorteil zu ziehen. Die ständige Gefahr ist der Preis dafür, dass sie nicht in den Gräben leben und im Freien biwakieren dürfen, ohne Furcht, verschüttet zu werden, immer auf Abruf.

Wie lange ist der Vater schon Pfarrer? Im Dreikaiserjahr ist er bestallt und nie abberufen worden, 1888, noch in der Steinzeit also. Sechs Jahre später wird sein Sohn geboren. Der Vater zieht sich in sein Arbeitszimmer zurück, nachdem er den Arzt aus Arendsee hat holen lassen. Die Schreie der Mutter müssen so laut gewesen sein wie die der Sterbenden und Verwundeten um das Geschütz, das da noch unversehrt stand und weggeschafft werden muss. Lauter noch stellt der Sohn sich ihre Schreie vor. Im dunklen, kaum von einer Deckenfunzel erhellten Kleinbahnabteil hat er noch immer eine Stunde Fahrt vor sich, mit langen Pausen an den Haltestellen.

Schließt der Pfarrer, mein Urgroßvater, sich in sein Arbeitszimmer ein, bis sie ihn rufen und das Kind frühmorgens in seine Ehe einbricht? Die Hebamme kann eine schwere, aber unkomplizierte Geburt in Begleitung des Arztes in ihr Tagebuch eintragen. Das habe ich nachlesen können, als zufällig erhaltenen Irrläufer der Alltagsgeschichte.

Von Frankreich hat der Soldat nach der Gefangennahme nicht mehr viel gesehen. Offizier zu sein ist nach dem Krieg kein Vorzug mehr, vor allem auch, weil die höheren Ränge und die Berufsoffiziere im Lager ihre Vorrechte gegen die Kriegsfreiwilligen mit aller Härte durchsetzen. In Châteauroux haben die Leute vom Grabenkrieg nichts mitbekommen. Aber viele Söhne und Väter und Geliebte sind gefallen oder verstümmelt zurückgekommen. Vor allem die Mütter haben nichts verziehen. Der Hass auf die gefangenen Offiziere ist groß. Wöchentlich gibt es Ausgang, in großen Trupps, auf Ehrenwort, abseits der Wohnquartiere, auf freiem Feld. Anders sieht es mit den Mannschaften aus, die sich am Land auf Bauernhöfen nützlich machen dürfen. Auf vielen Höfen fehlt der Bauer. Die Frauen können jede Unterstützung brauchen. Oft hat er sich gewünscht, Kühe melken und Heu ernten und sich selbst erarbeiten zu können, was er am Tisch der Bäuerin zu essen bekäme. Französisch hätte er so doch noch gelernt. Richtiges Schulfranzösisch reicht nicht und ist im Krieg verdorben und nicht besser geworden.

Die Front bleibt in Gegenden stecken, wo es keine größeren Städte gibt, nur Dörfer und Kleinstädte, die vollkommen zerschossen sind. Beim Blick aus dem Abteilfenster wundert ihn der unversehrte Zustand von Häusern und Landschaft. Überall herrscht Mangel, wo im Frieden Wohlstand war, trotz der Armut der Gegend. Vermutlich kommt er jetzt nie mehr nach Frankreich zurück. Lebte der Vater nicht auf dem Dorf, kehrte der Soldat nicht dorthin zurück.

Der verlorene Sohn.

Der Einzige. Auch der Vater hat keine Geschwister. Vom Großvater weiß er es nicht sicher. Ein einziger Sohn, nicht bis auf Adam, sondern bis auf Kain zurück. Als Soldat ist er ein Abkömmling Kains in ungebrochener Linie. Darüber sollte der Vater predigen. Kain hat sich entschieden, etwas zu tun, das sich nicht rückgängig machen lässt.

Wie eine Predigt gemacht wird, ist dem Sohn schon als Kind in Fleisch und Blut übergegangen. Immer hat er sonntags den Kern wiedererkannt, um den der Vater mühsam herumgesponnen hatte, was mit der amtlich vorgeschriebenen Bibelstelle manchmal einen die Bauern ergreifenden Sinn ergibt. Tagelang hat der Vater auf den Anstoß gewartet, immer missmutiger ist er geworden, wenn das Tagesgeschäft nichts verwertbares hergab.

Im Lager hat der Sohn sich dann hervorgetan, indem er auch Predigten hielt, ganz haltlose, immer über entlegene Stellen des Alten Testaments. Die kleinen Propheten eignen sich gut dazu, das Buch Nahum zum Beispiel. Seit Tagen hat er kaum getrunken. Wasser schon, aber keinen Alkohol. Einen Schluck hat ihm in Stendal ein Kamerad spendiert, als er in der Kaserne angestanden ist, ein Feldwebel in tadelloser Uniform, gut genährt hat er ausgesehen, nicht so klapperdürr wie einer, der aus dem Offizierslager in Frankreich kommt.

Die ganze Zeit im Lager ist der Hunger eine bestimmte Größe gewesen, auf die jeder sich hat einrichten müssen. Zu vorgeschriebenen Zeiten gibt es Nahrung, die sorgfältig einzuteilen und möglichst langsam zu verzehren ist. Der Hunger lässt ihn schweben. Aus dem vertrauten Ablauf hat ihn der Abtransport herausgerissen.

Die Gefangenen marschieren zum Bahnhof von Châteauroux. Ihre Zahl ist etwas größer als bei den Spaziergängen in der Umgebung des Lagers. Sie marschieren in die Freiheit, die in der Schweiz auf sie wartet, nicht auf französischem Boden. Noch umschließt sie Bewachung. Das Lager befindet sich auf der schlechten Seite des Bahnhofs, die Stadt auf der anderen. Sie sehen bloß niedrige und bescheidene Häuser einfacher Leute, denen die Bezeichnung Castelroussins nicht wirklich zusteht, die den Bürgern der Altstadt teuer ist. Man ist hier schon weit weg vom Krieg, während er für die Gefangenen mit mehr als einem Jahr Verspätung endet. Ein Lastwagen, der mit ihrem Gepäck beladen ist, folgt ihnen mit einem hustigen Brummen. Ihr Zug erwartet sie auf den Gütergleisen, wo sie dem Bahnhof und der Stadt nicht nahekommen müssen. Der

Tag ist kalt und klar. Die Männer sind bei der Arbeit. Ein paar Frauen machen ihre Besorgungen und sehen sie vorüberziehen, ohne Schimpfworte zu rufen, wie es manchmal den Neuankömmlingen geschehen war, im Jahr 1918. Die Gefangenen sehen bloß einen Radfahrer, der ihnen entgegenkommt und anhält, um sie vorbeiziehen zu sehen.

Eisenbahner sind um den Sonderzug zugange, der sie nach Saint Rembert bringen wird, nahe der Alpengrenze zur französischen Schweiz, wo sie eine unbestimmte Zeitlang bleiben werden, ehe sie die Grenze überqueren. Der Zug besteht aus einer alten Lokomotive und einem Wagen erster Klasse, der sehr bequem und an den ein Gepäckwagen angehängt ist. Der Zug wartet lange auf seine Abfahrt. Als er durch den Bahnhof fährt, sind die Bahnsteige verlassen. Die Türen des Waggons sind verriegelt, aber niemand denkt mehr an Flucht. Es genügt, sich in Bewegung zu wissen, um die allgemeine Stimmung zu heben. Mittags werden Pappschachteln des Roten Kreuzes verteilt, mit einer reichhaltigeren Mittagsmahlzeit als gewöhnlich, wozu auch Weinflaschen gehören, was rasch die Gespräche befeuert. Auf einmal wird über persönliche Dinge geredet, über die man während der Zeit im Lager geschwiegen hat. Man redet über sein Leben vor dem Krieg, von lange genährten Befürchtungen und Hoffnungen, die nun erst enthüllt werden.

Der Soldat beteiligt sich zögernd an dieser neuen Offenheit und entdeckt mögliche Freunde, die er vorher nicht bemerkt hat. Man war unterschiedlichen Stuben zugewiesen und hat sich in der Masse übersehen, in der nur solche Vorlieben zur Freundschaft führen konnten, die leicht zu erkennen sind. Auf den Stuben haben sich andere Beziehungen entwickelt, die manchmal an Freundschaften erinnern konnten. Wie schnell man vergisst, denkt Gerd, der die anderen schon im Schatten einer Verdrängung schlechter Erinnerungen sieht. In seinem Abteil hat er sich an den Gang gesetzt. Manchmal tauschen die anderen ihre Plätze, aber er bleibt sitzen, ohne zu wissen, ob er zufrieden ist oder nicht, gesättigt allein von der Bewegung, von der Tatsache, dass der Zug sie woanders hinbringt. Wenn er anhält, was sehr häufig vorkommt, stellt er sich in den Gang und betrachtet die Aussicht, die sich immer ähnelt. Nur als sie ins Hochgebirge gelangen, steht er nicht mehr auf. Er mag keine Vertikalität. Er schließt die Augen.

Die Nacht in Magdeburg hat dem Soldaten einen Stoß gegeben. Er gaukelt sich ein Schlaraffenland vor, dem er entgegenfährt, dabei ist es unwahrscheinlich, dass es im Pfarrhaus nach dem Tod der Mutter noch etwas Gutes zu essen gibt. Vielleicht bringen Nachbarn etwas fertig Gekochtes vorbei. Kochen kann der Pfarrer nicht. Vielleicht isst er Konserven aus der Kompottbude, falls ihm wer aus Seehausen welche mitbringt.

Bestimmt hat die Mutter noch selbst so viel als möglich eingemacht, ehe sie monatelang im Bett lag, um nicht mehr aufzustehen. Monatelang, so stellt er es sich vor, dabei weiß er es nicht genau. Ihm ist nur aufgefallen, dass ihre Schrift im Dezember fahriger geworden ist. Dass sie schon lange liegt, schreibt die Mutter nicht. Immer sind ihre Briefe aufmunternd. Sie lassen kaum den Mangel erkennen, an dem das Dorf und das Pfarrhaus schon leiden, ehe der Krieg aus ist. Geld für Kriegsanleihen ist zum Glück nie im Haus gewesen. Gold geb ich für Eisen. Außer den Eheringen der Eltern ist kein Gold im Haus. Bei manchen Bauern ist das anders. Ihre Namen sucht er vergebens.

Seine Kameraden aus der Kindheit hat der Soldat schon fast vergessen. Mancher ist jetzt tot oder vermisst. Das ganze

Gefüge von Erbfolge und Landerwerb muss durcheinander sein. Schon die Kinder haben genau Bescheid gewusst und die Rangordnung des Dorfes untereinander genau abgebildet. Nur die vom Räuberberg und er, der Pfarrersohn, haben darin keinen festen Platz. Sie erwerben ihn mit ihren Fäusten, er durch eine Unantastbarkeit, die ihn zwingt, sich manchmal gerade mit denen anzulegen, die auf ihr zukünftiges Erbe und den Rang ihrer Väter am meisten vertrauen. Bei solchen Gelegenheiten schließen sich ihm die vom Räuberberg an, bis auf die Stärkeren, die wissen, dass er ein Aufrührer gegen eine gottgewollte Ordnung ist.

Die Bauern in Heiligenfelde haben sich mit allen Mitteln gegen den Bau der Kleinbahn gewehrt, kurzsichtig wie sie sind, feindselig gegenüber jedem Fremden, der sich bei ihnen zeigt. Wieder hält der Zug. Eine Station noch nach Kleinau, wo er aussteigen muss. Die Abteiltür öffnet sich und einer klettert herein, der reichlich dick und verwahrlost aussieht, was auf dem Land auch bloß bedeuten kann, dass er von der Arbeit kommt und sich seit letzter Woche nicht gewaschen hat. Der Soldat sieht zu, wie er es sich im Abteil bequem macht, ohne ihn zu beachten. Er kommt nicht auf den Namen. Das Gesicht ist runder geworden als früher. Der Spielkamerad vom Räuberberg ist ein dürres Kind gewesen. Jetzt scheint es ihm gutzugehen.

Dann öffnet der Mann seinen Sack und wickelt ein Butterbrot mit Schinken aus, um gleich hineinzubeißen. Er fühlt den Blick des Soldaten und sieht ihn an. Der Soldat schluckt. Er hat Hunger, das ist ihm anzusehen, schon schaut der andere weg, aber dann mustert er ihn plötzlich noch einmal genauer. Ein Lächeln ergreift sein Gesicht. Der Abiturient, sagt er ganz langsam, als zähle er die Silben mit, sieh einer an. Er legt sein Schinkenbrot auf die Sitzbank neben sich und fasst noch einmal in den Sack. Hier, sagt er, iss. Er hält dem Soldaten eine zweite Stulle hin, die noch in Butterbrotpapier eingewickelt ist. Nimm, ich hab genug. Der Soldat sagt nichts und greift zu. In die dick geschnittenen Scheiben Bauernbrot ist ein Stück Schinken mehr eingepackt, als dass es damit belegt wäre. Butter. Fast wird ihm übel von dem Geschmack. Im Lager hat es nur eine Margarine gegeben, die nicht fett, sondern ölig und halbflüssig war. Eine Röte steigt ihm ins Gesicht, als er in kleinen Bissen isst, um seine Gier nicht zu zeigen. Der vom Räuberberg ist schneller mit dem Essen fertig. Der Soldat sieht ihn nicht an. Er versucht, sich an seinen Namen zu erinnern. Früher ist er eher ein Gegner gewesen, keiner von den Stärkeren, aber es fällt ihm kein Name ein, der zu dem dickgewordenen Menschen noch passen würde.

Ich bin der Sven, Du erinnerst dich doch. Der Soldat blickt auf. Jetzt ja. Danke. Ich bin kaum noch im Dorf, sagt Sven, und Gerd kommt es so vor, als hätte er früher anders geheißen, aber wieder fällt es ihm nicht ein. Ein Spitzname ist es gewesen. Etwas mit Afrika. Jetzt hatte er es, Kongo haben sie den dürren Sven genannt, weil er einmal zu einem anderen Jungen gesagt hat, Du siehst aus wie ein Neger aus dem Kongo. Das hat sich an ihn angeheftet, denn er war so dürr wie einer, der im Kongo Hunger leidet. Ein Spitzname wie ein Bumerang. Vielleicht ist es besser, sich jetzt nicht daran zu erinnern, denkt der Soldat. Was der andere noch sagt, geht im Geräusch der Bremsen unter, mit dem die Kleinbahn zum Stehen kommt.

Danke, sagt der Soldat, steht auf und greift seinen Rucksack aus dem Gepäcknetz. Kongo bleibt sitzen. Grüß mir das Dorf. Der Soldat fühlt sich wie ein Landstreicher. Immerhin ist er nicht mehr hungrig. Schwarzmarkt wahrscheinlich, denkt er, so fett wird sonst keiner jetzt. Wir sehen uns, sagt der andere noch, Donnerstag bin ich zurück. Draußen ist es schon dunkel. Im Bahnhofsgebäude brennt Licht. Das Dorf ist von hier aus nicht zu sehen.

Der Soldat setzt sich auf eine Bank vor dem Wartesaal, obwohl ihm kalt ist. Schnee liegt in der Luft. Geht er langsam, dann hat er noch eine Stunde Weges vor sich, in der er allein ist. Auf einmal kommt es ihm so vor, als hätte er die Zeit des Alleinseins auf der langen Zugfahrt verschwendet. Immer ist er unter Männern gewesen, fünf Jahre lang. Auch auf der Fahrt hat er sich an die Gegenwart der Mitreisenden angeschmiegt. Er ist nicht gesprächig gewesen. Das hat er sich im Lager abgewöhnt, wo der Gesprächsstoff rationiert wird wie Tee, Tabak oder Alkohol. An Kaffee ist gar nicht zu denken. Viel zu teuer. Im Lager lernt er zuzuhören und auf Zwischentöne zu achten. Immer seltener kränkt er jemanden. Das verlernt er nie. Das Butterbrot füllt seinen Magen und gibt ihm Kraft, sich noch etwas Zeit zu lassen.

Schinken.

Von einem Friedensschwein, denkt er, ein Schweinefrieden ist jetzt, das sagen alle. Besser als gar keiner. Er ist kein Soldat mehr, aber ein Bürger ist er noch nicht. Jetzt haben alle ein Gewicht an den Füßen, mit dem sie sich fortschleppen müssen, nicht nur die Soldaten. Er ist ein Wiedergänger des Abiturienten von 1914, denen sie ein Notabitur schenkten, damit sie sich töten ließen. Er ist ein Überlebender, der nichts mehr hat lernen brauchen, weil er zum Sterben bestimmt war. Bei der Vorbereitung auf das Sterben hat er das Töten spielend gelernt.

Der Zug steht eine lange Weile da und wartet auf das Ankuppeln eines Güterwaggons, aus dem hin und wieder ein Quieken zu hören ist. Das erinnert ihn wieder an das Geigenspiel in Warnemünde. Als die Lok schnaufend anzieht, steht er auf. Die Zufahrt von der Kirchstraße ist mit groben Steinquadern gepflastert, auf denen seine Stiefel ausgleiten. Er wendet sich nach nach links über die Gleise der Kleinbahn hinaus ins freie Feld. Der Himmel ist verhangen. Er hält sich an den linken Rand des Feldwegs, um im Dunkel die Abzweigung nach Heiligenfelde nicht zu verfehlen. Die Baumreihe am Weg hört auf. Jetzt sieht er den Weg nicht mehr, aber er fühlt, dass es jetzt nach links geht. Er hat das Gefühl, schon zu weit gegangen zu sein, als es um ihn herum dunkler wird und sich im Nachthimmel ein Gewirr von Ästen abzeichnet. Der Weg zum Röthgraben geht nach rechts. Nicht der kürzere, den es heute nicht mehr gibt, aber ein ganz gerader, der nicht mehr zu verfehlen ist. Er geht ganz langsam und tastet mit den Füßen nach der Stelle am Wegrain, wo Karrenspuren ihn durchschneiden. Im sandigen Boden zeichnen sie sich eben noch sichtbar ab. Er geht ein Stück und bleibt stehen und lauscht.

Die Bäume haben begonnen, miteinander zu reden, Äste scheuern an Ästen, kein Laub wispert und begleitet mit seinem Geraschel seine Schritte, seit er unter den Bäumen ist. Die Bäume ächzen im aufkommenden Westwind, der einzelne Schneeflocken mit sich trägt. Er spürt ihre kristallinen Spitzen einen Augenblick auf der Haut, ehe sie sich auflösen und winzige Tropfen hinterlassen, die wie Tränen in seinem unrasierten Gesicht versickern. Er tritt leise auf, um das Gespräch der Bäume nicht zu stören. Von Westen her, auf Dessau zu, hört er ein Grunzen und erinnert sich, dass dort Eichen stehen. Eine Rotte Wildschweine. Er hat schlimmeres erlebt und geht doch schneller, denn denen will er nicht in die Quere kommen.

An einem Kreuzweg bleibt er wieder stehen. Dort lichtet der Himmel sich. Mondlicht dringt durch die Wolken. Der Wind nimmt zu. Stetig trägt er Schneegeriesel heran. Hier haben sie eine Mitschülerin gefunden, als sie acht oder neun

Jahre alt waren. Sie hat einen Anfall gehabt. Der weiche Waldboden hat sie aufgefangen. Es hat eine lange Zeit gedauert, bis sie zu sich gekommen ist. Hannelore heißt sie. Seitdem hat er eine Scheu vor dem Namen, als dürfe er sich nichts herausnehmen, wenn eine so heißt. Auch sie hat er aus den Augen verloren, seit er in Rostock lebte, um auf die Große Stadtschule zu gehen und dann in den Krieg zu ziehen, als sei beides eine Befreiung gewesen. Dabei hat weder die Schule noch der Krieg etwas befreiendes. Nur dem Vater haben ihn beide entzogen, das ist allerdings wahr.

Der Weg liegt nun vor ihm wie in einem Photonegativ, hell statt dunkel. Bei einem plötzlichen Knacken im Unterholz sieht er sich um und sieht seine Fußstapfen im frischen Schnee. Schon weht der Wind sie zu. Er geht schneller. In einiger Entfernung meint er ein Licht zu sehen, das sich weiter rechts zwischen den Bäumen bewegt und immer wieder auftaucht, um dann nach links zu verschwinden. Im Dunkel sieht er die Träger der Laterne nicht und hat auch keine Lust, sich bemerkbar zu machen. Häuser tauchen auf, eher Hütten, einfache Siedlerhäuser, in denen die Landarbeiter wohnen, die auf dem großen Gut arbeiten. Dann die Chaussee von Kossebau. Niemand ist unterwegs. In der Schnapsbude ist noch Licht, dort saufen immer ein paar späte Gäste, bei Altenburg geht es ruhiger zu. Der neuerbaute Saal ist dunkel. Gleich beim Kirchhof liegt der Gasthof, um die Ecke herum das Pfarrhaus.

Der Soldat schaut in die Fenster der Gaststube. Hinten im Raum sitzt nur der alte Tierarzt. Die Schnapsflasche steht der Einfachheit halber auf dem Tisch. Er wirkt immer nüchtern und hat meistens einen Pegel, der jeden anderen außer Gefecht setzt. Tierärzte und Metzger gewöhnen sich das an, die einen bei langen Nächten im Stall, die anderen beim Schlachten, von Schwein zu Schwein. Da bekommt auch der Tierarzt erst einen

Schluck. Jedes Mal. Der Vater sitzt nicht bei ihm. Dann stünde die Flasche auch nicht auf dem Tisch. Es ist schon genug, dass er mit ihnen Karten spielt, der Pfarrer mit dem Bürgermeister, dem Schmied, dem Briefträger und dem Wirt.

Im Pfarrhaus ist kein Licht. Die Tür des Pfarrers hat kein Schloss, so wie die meisten Bauernhäuser auch, die also alle Gotteshäuser sind. Der Soldat steht unter dem Vordach und zögert, einfach einzutreten. Gottes Haus steht offen. Über den Gedanken muss er lachen. Er verlässt die Pforte und geht nach hinten, über den Hof zum Stall, um nachzusehen, ob noch ein Pferd darin steht. Wirklich ist die Box nicht leer, etwas bewegt sich darin und rappelt sich auf. Ein Kopf drängt sich durch die Öffnung. Im Dunkel leuchtet die weiße Blesse. Er flüstert ein paar Worte, um das Tier an seine Stimme zu gewöhnen. Es wiehert freundlich, als er seine Blesse berührt.

Ein junges Pferd, kein älteres wie früher, gut für den zweirädrigen Einspänner, den der Pfarrer für seine Fahrten über Land benutzt. Ein Pferd, das ist mehr, als der Soldat nach den Briefen der Mutter erwartet hat. Er tastet nach der Leiter hinauf zum Heuboden, klettert hinauf und findet einen dicken Haufen Stroh, in den er sich hineinwühlt. Sehen will er niemanden mehr. Der Hunger ist gestillt. Er ist nur noch müde und will schlafen. Also schläft er nicht gleich ein. Die Nacht ist still und kalt.

Dienstag, 23. März 1920

Das Pfarrhaus hat zwei Eingänge. Den zur Straße hin benutzt der Pfarrer nur, wenn er zu Fuß das Haus verlässt, da der Hof ungepflastert ist. Übernacht hat Schnee die Eingangsstufen zugedeckt. Noch ist es dunkel. Der Pfarrer öffnet die Eingangstür und schaut hinaus. Er liebt den Morgenspaziergang hinüber nach Dessau, das eine Nachbardorf, für das er auch zuständig ist. Der alte pelzgefütterte Mantel lässt ihn wie einen Bauern aussehen, vor allem, als er den breitgekrempten Hut aufsetzt, der schwarz ist, sich aber in Wind und Wetter seinem schmalen Kopf immer formloser angepasst hat. Er könnte sein Pferd anspannen, aber er braucht es am Nachmittag, um nach Seehausen hinüberzufahren.

In Dessau hält der Pfarrer Religionsunterricht. Darauf braucht er sich nicht vorzubereiten, es genügt die Kinder zu fragen, was ihnen durch den Kopf geht. So wird die Religionsstunde zu einem lebhaften Hin und Her. Im Winter erinnern sich auch die Armen daran, dass ihre Kinder etwas lernen sollen. Sie sollen sich am Ofen in der Schulstube wärmen, daher bleibt niemand zuhause. Im Sommer kommen auch die Kinder der Reichen manchmal nicht, weil sie mitarbeiten müssen. Im Winter sammeln die Armen Reisig im Wald. Der Pfarrer mag die Kinder der Armen lieber. Manchmal erlaubt er sich, über die kurze Spanne Zeit zu trauern, in der sie noch Menschen bleiben dürfen, ehe Arbeit und Ehe, Mangel und Gewalt sie früh verbrauchen. Für die Armen sind Kindheit und Menschheit eins. Zwar müssen sie als Kinder schon arbeiten, aber sie tun ihre Arbeit noch ganz ernsthaft, im Glauben, dass sie etwas nützt. Zur Menschheit gehören sie dann erst wieder, so arm sie immer noch sein mögen, wenn sie unbeschädigt alt genug geworden sind, um im Dorf mit ihrem Gedächtnis einen Vorrang erworben zu haben. Diese Alten erinnern sich noch daran, was ihre Großväter aus dem Befreiungskrieg erzählten. Solchen alten Kindern hat noch ein Pfarrer aus dem tiefen Vormärz die gleichen Geschichten erzählt, nach denen er heute die Kinder befragen will. Auch der Pfarrer gehört noch dem vergangenen Jahrhundert an, das erst 1914 endete und 1789 anfing. Er ist ein Mann des neunzehnten Jahrhunderts. Sein Urenkel wird noch im zwanzigsten leben, wenn das Millenium lang vorbei ist.

Sicherheitshalber zieht der Pfarrer Gummigaloschen über die festen Stiefel. Löcher sind in den Strümpfen, keine Frau mehr im Haus, schlimm. Zwei Paar hat er übereinander angezogen, weil es so kalt ist. Niemand sieht das. Doch, Gott, denkt er und schüttelt ärgerlich den Kopf, denn solche Dinge sagt Tine, die nach seiner Wirtschaft schaut und dabei gern übersieht, was eben nur Gott sehen kann. Den Spruch hört er dreimal am Tag und muss sich die jähzornige Antwort verbeißen, die ihm jedesmal auf der Zunge liegt. Eindruck macht der Pfarrer nicht, wie er so dasteht und auf etwas zu warten scheint, das nie kommen wird. Nach über dreißig Jahren ist er zum ersten Mal allein und kann sich nicht daran gewöhnen. Er hängt in seinem Verlust noch fest und kann doch kaum sagen, worin er eigentlich besteht. Dann nimmt er sich zusammen. An den Sohn denkt er nicht. Vielleicht ist der Verlust zu groß, vermutlich ist er größer, als der Pfarrer schon weiß oder wissen kann. Solche Rechnungen stellen andere an. Er hat zu tun und ist froh, dass er das Schreiben seiner Predigt damit aufschieben kann, für die ihm noch nichts eingefallen ist. Seine Schritte hinterlassen erste Fußspuren im Schnee. Vielleicht sollte er einmal über Tines Gott sieht alles predigen. Auf der Straße laufen schwankende Spuren eines Fuhrwerks nebeneinander her. Die Luft ist feucht, der Himmel verhangen. Den Feldweg, der links nach Dessau abzweigt, hat noch kein Mensch betreten. Vogelspuren, hier muss ein Fuchs vorbeigeschnürt sein. Schon geht die Sonne langsam auf und lässt lange Schatten nebenherlaufen.

Am Landgraben hält der Pfarrer sich rechts und hat die Sonne nun im Rücken. Ein orangenes Morgenglühen liegt auf dem Schnee. Ganz still ist es. Noch immer gibt es diese Stille auf dem Land, zeitweise. Auch die Arbeit macht noch keinen Lärm, selbst wenn mit Dampfkraft gepflügt oder gedroschen wird. Zur Stille bei der Arbeit gehört das Singen. Das Singen in der Kirche setzt bloß fort, was in der Stille der Arbeit eine Gewohnheit geworden ist. Die Leute sprechen nicht viel, wenigstens die Männer. Singen können sie aber. Jeder für sich. Der Lehrer in Dessau wird wieder davon sprechen, dass er einen Chor gründen will, einen Männerchor. Aber organisieren lassen sich die Bauern nicht. Eher noch die Arbeiter, die sonntags öfter in der Kirche fehlen, wo sie ganz hinten stehen müssen. Der Pfarrer weiß nicht, was er dem Lehrer sagen soll. Vielleicht wird er wieder nur zuhören und nichts einwenden. Das Morgenlicht ermutigt ihn, sich mit der Welt im Reinen zu finden. Damit begnügt er sich. Weiter zu denken hilft ihm nicht, im Gegenteil. Das Licht ist gut. Eigentlich genügt es, darüber zu predigen. Er bleibt stehen und sucht in seinen Taschen nach einem Stück Papier und einem Bleistiftstummel.

Licht.

Das gute Licht. Warum ist es gut? Zufrieden steckt er den Zettel mit den beiden Worten wieder ein. Den Einfall wird er mit den Kindern weiterspielen können. Ihm wird kalt und er geht schneller, als er an den Sohn denkt. Schon vor dem Krieg ist er ihm fremd geworden. Jetzt wird er bald zurückkehren, wenn stimmt, was in der Zeitung steht. Ein Fremder, der seine Mutter nicht wiedersehen wird. Immerhin ist er Offizier geworden.

Der eine Sohn.

Der Pfarrer denkt an den Vater, den er noch früher verloren hat. Auch den Sohn hätte er verlieren können. Vielleicht hat er ihn verloren, auch wenn er überlebt hat, als Fremder. Seine Frau ist tot. Seine Kehle wird eng.

Das Licht ist gut. Warum ist das Licht gut? Er weiß keinen Grund.

Tine geht über den Hof, um das Pferd zu füttern. Vom Fenster ihrer Kate am Ortsausgang aus hat sie den Pfarrer vorbeigehen sehen. In der Raufe liegt noch Heu. Trotzdem steigt sie mühsam auf die Leiter, um von oben frisches Heu hinunterzuwerfen. Im Dunkeln übersieht sie den Schläfer und erschrickt, als er sich im Schlaf umdreht und etwas unverständliches murmelt. Halb rutscht sie die Leiter hinunter. Das Pferd schnuppert am frischen Heu. Der Schläfer ist ihr unheimlich, auch wenn es nicht das erste Mal ist, dass Landstreicher im Heu übernachtet haben. Den Pfarrer trauen sie sich zu bitten, die Bauern nicht. Landstreicher sind nicht gern gesehen in Heiligenfelde. Später wird er noch um ein Frühstück bitten, das weiß sie jetzt schon, hungrig will keiner weiterziehen.

Tine redet sich gut zu, um ihre Furcht vor dem Fremden zu überwinden. Was Hunger ist, weiß sie, also schaut sie nach, ob die Hühner doch gelegt haben. Zwei Eier findet sie, eines kann sie dem Landstreicher braten, das andere vielleicht für sich selbst. Das Bücken fällt ihr schwer, denn sie ist in den letzten Jahren immer dicker geworden, nach sieben oder acht Schwangerschaften, trotz allen Mangels. Der Gedanke an ein zweites Frühstück muntert sie auf. In der Küche greift sie sich den großen gusseisernen Teekessel und füllt ihn an der Pumpe mit Wasser. Holz zum Einheizen ist noch genug da. Von ihren Kindern ist keines mehr im Haus, der Mann früh gestorben, ein Sohn vermisst, einer gefallen. Jahre später wird sie eine Postkarte aus Algerien bekommen, von der Fremdenlegion. Der Vermisste liegt dort mit Fieber und soll entlassen werden. Ob sie noch lebt, möchte er wissen. Sie wird nicht wissen, ob sie antworten soll. Schon kocht das Wasser im Kessel.

Draußen ist es hell geworden.

Tine entschließt sich, noch einmal zum Hofgebäude hinüberzugehen und nachzuschauen, ob der Landstreicher sich wecken lässt. Der Wallach streckt seinen Kopf zu ihr hinaus. Sie streichelt ihn und redet ihm gut zu, dass der Pfarrer bald wiederkommt und er dann angespannt wird und Bewegung bekommt. Brav ist er, auch wenn er manchmal anfängt zu galoppieren. Von oben hört sie das Stroh rascheln. Sie spricht lauter, um den Mann hinunterzulocken, ohne ihn geradewegs ansprechen zu müssen. Sie schaut nicht hin, als die Leiter quietscht und einer heruntersteigt, der ihr aus dem Augenwinkel noch ganz jung vorkommt. Die Uniform erstaunt sie. Wer eine besessen hatte, der hat sie seit dem Winter 1918/19 längst in zivile Klamotten umgetauscht. Sie dreht sich um und sagt, wenn Er ein Frühstück will, darf Er mitkommen, der Herr Pfarrer möchte niemanden hungrig fortschicken. Er ist bestimmt woanders abgewiesen worden, sonst hätte Er nicht hier geschlafen.

Der Soldat denkt nach, dann hellt sein unrasiertes Gesicht sich auf und sie erschrickt, denn dieses Lächeln kennt sie noch. Tine! sagt er herzlich, das ist schön. Ich wollte den Vater nicht stören, deshalb bin ich oben ins Stroh gekrochen, wie ein Landstreicher, nicht, so sehe ich aus. Er nimmt sie in den Arm. Sag Sie ruhig Er zu mir, dann vergesse ich rascher, dass ich Offizier gewesen bin. Nach der Niederlage war es nämlich besser, zur Mannschaft zu gehören. Aber vorher hatte ich ein Pferd und einen Burschen, so wie die anderen Offiziere auch. Er lacht und zieht sie über den Hof. Mach Sie jetzt ein Frühstück, aber für uns beide. Sie kann's brauchen, so verhungert wie Sie aussieht. Tine macht sich los und stemmt die Arme in die Seiten. Frech ist Er immer noch, dabei ist die Mutter kaum unter der Erde! Er nickt. Was bleibt anderes übrig? fragt er, sie hat doch auch manchmal gelacht. Weiß Sie, dass ich in der Nacht von ihr geträumt habe, als sie starb? Da lachte sie auch und ich lief ihr entgegen und war noch klein und sie ganz jung in einem weißen Kleid.

Da wird es Tine zu viel. Schluchzend rennt sie in die Küche und schlägt Fett in die Pfanne und brutzelt herum, bis ein Teller mit Spiegeleiern und Bratkartoffeln und Speck auf dem weiß gestrichenen Küchentisch stehen und der junge Herr sich sattgegessen hat. Er schenkt ihr Tee ein und besteht darauf, dass sie reichlich Zucker hineintut. Trotzdem ist es wahr, denkt er, die Mutter sah ich in der Nacht, als sie starb, ob im weißen Kleid oder nicht, darauf kommt es nicht mehr an. Das Kleid lag im Schatten. Ob es weiß war, weiß ich eigentlich nicht. Jung war sie. Ich war klein. Er denkt daran, wie Tine vor zwölf Jahren aussah, auch schon rundlich, aber nicht dick, eine fröhliche junge Frau, die niemand für alt gehalten hätte. Ihr Gesicht ist glatt geblieben, nur ihr Leib ist aufgequollen, die Beine, der Bauch, die Arme. Ihre Söhne waren älter als er, mit ihnen hat er nicht gespielt, nur zugehört, wenn sie den Kleineren manchmal erzählten, was sie sich Großes ausdachten.

Auf dem Dorf denken die Jungen wie die Alten sich Dinge so gründlich aus, wie das in der Stadt nicht vorkommt. Es fehlt die Ablenkung, das ständig Neue. Wie hatte der jüngere der beiden Brüder geheißen? Albert vielleicht. Er fragt Tine. Der ist auch gefallen, sagt sie, hat Er nicht davon gehört? Aber mein Anton ist noch immer vermisst. Anton. Ihn hat der Soldat in den großen Ferien vor dem Krieg noch einmal gesehen. Er sieht ihn vor sich. Ein zart wirkender, drahtiger Junge mit schütterem blondem Haar. Wenn Du mitgehst, gehe ich zur Fremdenlegion, hat Anton gesagt, als er in den Schulferien aus Rostock zurückkam, uns hilft nur der Krieg, um aus diesem Loch hier rauszukommen. Gib zu, dass Du dich in der Schule auch bloß noch gefangen fühlst. Dass Du es wagst, dir die Haare abzurasieren, sehen sie dort bestimmt nicht gern. Du willst doch auch da weg.

Anton ist älter als er. Der Sekundaner von der Großen Stadtschule in Rostock bewundert ihn, möchte auch zur Fremdenlegion gehen, in der Wüste eine völlige Kargheit erleben, überleben, statt auf dem Dorf zu sterben. Afrikanische Spiele. Manche versuchen das wirklich und stürzen die Eltern, wenn sie Geld haben, in große Unkosten, denn die Legion gibt sonst keinen wieder her, den sie einmal geschluckt hat. Das macht einen Teil ihrer Anziehungskraft aus. Diese Unbedingtheit, die den Soldaten nun aber nicht mehr beeindruckt. Der Krieg hat ihm anderes gezeigt. Vernunftlos und schrankenlos, erzeugte er nur die Freiheit, die er selbst in Anspruch nahm und gegen jeden durchsetzte, der an ihm teilnahm.

Der Pfarrer kehrt noch nicht nach Hause zurück. Der Lehrer in Dessau hat ihm von seinem Kollegen in Kleinau erzählt, der immer kränker wird. Er will selber sehen, wie es ihm geht. Drei Kirchen befinden sich in seiner Obhut. Drei Gemeinden. Die Stunde mit den Kindern hat ihn in gute Stimmung versetzt. Niemand begegnet ihm auf der Chaussee. Der Schnee verwandelt die Landschaft vollkommen, sie vereinheitlicht sich und gehört niemandem. Sie hat keinen Herr mehr. Außer Gott vielleicht. Das braucht er sich nicht zu sagen, um die Last seines Berufes zu empfinden, die ihn zwingt, solche Dinge zu sagen, auch noch straflos.

Hinter der Kreuzung begegnet der Pfarrer dem Landbriefträger, der die Post vom Bahnhof der Kleinbahn in die Dörfer trägt und zehn Jahre älter ist als er. Ein Bauernsohn aus der Gegend, dessen Vater bei der Flurbereinigung den Boden unter den Füßen verloren hat. Marineinfanterist war er früher und steht immer bolzengerade da, obwohl er nicht im mindesten martialisch aussieht. Der Pfarrer hat nicht das Bedürfnis stehenzubleiben, aber der Briefträger hält ihn an um zu fragen, ob er Neues von einem herumstreifenden Soldaten weiß, der am Vorabend aus dem Zug gestiegen ist. Man hat ihn in Richtung Heiligenfelde gehen sehen. Nein, sagt der Pfarrer, aber mein Sohn muss jetzt bald wiederkommen. Nach dem, was man mir gesagt hat, war es ein Landstreicher, sagt der Briefträger, aber ein Gefangener kann auch wie ein Landstreicher aussehen. Mein Vetter ist letzte Woche zu Fuß zurückgekommen, eine Woche lang hat er die Kleidung nicht wechseln können, seit sie ihn an der Grenze haben stehenlassen. Durch den Staatsstreich hat er keine Möglichkeit gefunden, anders weiterzukommen. Niemand hat sich um ihn gekümmert. Natürlich ist er immer ein armer Kerl gewesen. Auf jeden Fall kehren die Züge, seit der Generalstreik aufhört, zu ihren Fahrplänen zurück, mein Dienst auch. Warten Sie, ich kann Ihnen schon Ihre Zeitung geben, wenn Sie wollen.

Der Pfarrer fragt, ob noch etwas anderes dabei ist. Briefe, nichts wichtiges, dann die Zeitungen unter Streifband, ein paar Ausgaben der Rostocker Zeitung, die trotz des Streiks erschienen sind. Seit dem Umzug seiner Schwiegermutter an die Ostsee hat er sich abonniert, ein Luxus, auf den er nicht verzichtet. Rostock ist eine richtige Stadt, eine Hafenstadt am Meer, die nach Norden und zur Zukunft offen ist. Er selbst glaubt nicht mehr, eine Zukunft zu haben, seine Anträge auf Versetzung sind immer fehlgeschlagen. Seine Frau, wenn sie die Zeitung las, hat sich ihrem Sohn während der Schulzeit nah gefühlt. Auch er ist immer noch stolz, sieht er respektvoll die Große Stadtschule genannt, auf die der Sohn gegangen ist. Ohne Fortüne, ohne Vermögen ist es ihm unmöglich, aus seinem Dorf wegzugehen, um das Leben zu leben, von dem die Zeitung spricht. Unvorstellbar, in den Ruhestand zu gehen, ohne dass die Gesundheit schon zerstört ist. Von einem Pfarrer wird erwartet, im Dienst zu sterben, nicht vorher zu gehen.

Kurz reden sie über die Ereignisse der vergangenen Woche, die sich in den Schlagzeilen der Zeitungen spiegeln. Die Politiker der Rechten nehmen Abstand davon und reden zugleich vom Belagerungszustand gegen die Revolutionäre der Linken, die schuldig sind, weil sie die Republik verteidigt haben. Auch der Briefträger hat keine Zuneigung für die Linke, aber beide sind sich sicher, dass sie nicht die Quelle der wahren Gefahren der Zeit ist. Der Pfarrer findet eine Rechte gefährlicher, die keine ethische Gründung, keine Religion besitzt. Das eine entspricht dem anderen, was ihn angeht. Auch wenn die Putschisten als Verteidiger der Kirche gelten, misstraut er ihnen. Er steckt die Zeitungen mit den Briefen in die große Innentasche seines Mantels.

Das Gespräch mit dem kranken Lehrer schmeckt bitter. Der alte Mann ist schon weit über achtzig, aber wegen des Krieges hat er sich immer weiter selbst vertreten. Obwohl er nicht aufhören will und die Kinder ihn mögen, hat er die Kraft nicht mehr, um ihrer Herr zu werden. Außerdem ist er auf einem Ohr taub geworden. Nur dank der älteren Kinder, die ihm helfen, hält er noch so etwas wie Ordnung in der Klasse. An den Wänden der Schule und seines Zimmers stehen Regale, wo die unterschiedlichsten Gegenstände in sorgfältiger Anordnung aufbewahrt sind. Das ist sein Museum. So krank er ist, steht er doch vom Bett auf und zeigt die neu zu seiner Sammlung hinzugekommenen Gegenstände vor. Er hinkt ein wenig, sein linker Arm tut ihm weh und der Pfarrer sieht mit Besorgnis, dass er mühsam atmet und nach ein paar Schritten schon stehenbleibt, um die rechte Hand an die Brust zu legen.

Gehen Sie zum Arzt, sagt der Pfarrer, wenn Sie wollen, schreibe ich ihm eine Nachricht. Aber der Lehrer lehnt ab, ich kann ihm den Besuch nicht bezahlen, sagt er, außerdem bin ich alt, das ist alles. Der Pfarrer sieht den Tod im Sessel am Bett des Kranken schon bequem dasitzen. Für andere ist er unsichtbar, aber er ist ihm zu oft begegnet, um ihn nicht zu erkennen. Er wird sanft sein, denkt er ein, ein letzter Atemzug, der ausbleibt, trotzdem schrecklich. Geldmangel darf nicht hindern, dass man einem Menschen das bisschen Hilfe gibt, das noch möglich ist. Der Arzt wird den Zustand des Alten vielleicht mildern können, auch wenn er ihn nicht retten kann. Ihn zu rufen ist eine Frage des Respekts.

Der Lehrer hat alles getan, um das Dorf nach seinem Bilde neu aufzubauen. Generationen von Kindern hat er Menschlichkeit vorgelebt. Außerdem ist er gläubig, was für den Pfarrer zählt, anders als die Bauern, die nur glauben, es zu sein. Er ist auch der einzige Katholik, den den Pfarrer aus der Nähe kennt. Er findet sich also doppelt verantwortlich für ein Elend, das der Lehrer trotz allem nicht allzusehr zu empfinden scheint.

Der Soldat geht draußen umher, ohne sich zu weit vom Haus zu entfernen. Um sein Bad vorzubereiten, setzt Tine einen großen Kessel auf das Feuer und lässt Wasser darin aufkochen. Niemand zeigt sich im Freien, nur ein paar Vorhänge bewegen sich. Die Kartoffeln mit Linsen und Zwiebeln sind schon fertig. Tine stellt sie, bedeckt von Käsescheiben, in die Backröhre, wo sie warm bleiben und langsam überbacken werden.

Sie holt die Badewanne aus dem Verschlag unter der Treppe und stellt sie mitten in die Küche hin. Dann geht sie heim, während das Wasser noch am Kochen ist.

Der Soldat sieht Tine fortgehen. Er kehrt ins Haus zurück und findet die Küche nach seinen Schritten im Schnee sehr warm. Die Fenster sind beschlagen. Er kleidet sich aus und nimmt den Kessel mit beiden Händen. Sein verwundeter Mittelfinger berührt das erhitzte Metall. Sein Gesichtsausdruck verändert sich nicht, aber es tut ihm weh. Das Wasser ist zu heiß. Er fügt kaltes Wasser hinzu und findet einen riesigen Schwamm und Seife in einer Schüssel auf dem Stuhl neben der Badewanne. Im Lager sind kleine Widrigkeiten eher Ablenkung als Schmerz gewesen. Man redet lange darüber. Sie vermindern die Langeweile. Alles ist vorbereitet, damit er sich vollständig entspannen kann. Natürlich kann auch der Pfarrer zu früh wiederkommen und ihn in der Wanne finden. Er möchte ihn nicht ärgern, aber er ist entschlossen, sein Bad zu genießen. Tine weiß, was sie macht, sagt er sich, der Vater wird nichts dagegen haben, dass er ihm anständig gegenübertreten will. Die Heimkehr wird nicht wirklich geschehen sein, ehe der Vater selbst ihn willkommen heißt, aber wie wird er die Mutter ersetzen können? Das heiße Wasser schläfert den Soldaten ein. Tränen verstecken sich im Schweiß, der über sein Gesicht perlt.

Die Tage unterwegs während des Staatsstreichs haben ihn erschöpft. Andere Offiziere sind ein paar Tage zuvor noch am Bahnhof von einem Empfangskomitee begrüßt worden. Sie haben nicht dieses Glück gehabt. Die Grenzer verhören sie, als sie aus dem Zug steigen, der aus Zürich kommt. Schließlich begleitet eine Patrouille der Militärpolizei sie zu einer Kaserne, wo sie übernachten und Papiere für die Reise bekommen können. Die Betten, die ihnen zugewiesen werden, sind ungemacht. Niemand hat sie seit der Abreise der letzten Bewohner in Ordnung gebracht. Nach dem prachtvollen Abendessen, das man ihnen in Zürich vorgesetzt hat, müssen sie sich mit einer Kohlsuppe begnügen, in der ein paar gebratene Stücke Speck herumschwimmen, schön dickflüssig und nahrhafter zwar als das aus dem Lager gewohnte Essen, aber trotzdem enttäuschend.

In Konstanz auf der Straße sehen sie zahlreiche Arbeitslose und hagere Frauen, die schlichter als früher gekleidet sind, auch nüchterner. Die Silhouette der meisten Frauen hat sich merkwürdig verändert, abgesehen von ein paar Bäuerinnen in alter Tracht, denn ihre Kleidung betont Hüften und Busen nicht mehr. Auch die älteren erscheinen schlanker und beweglicher, bübischer. In seinem Bad überlässt der Soldat sich Traumbildern, in denen die Frauen sich ungewohnt verhalten, unvorhersehbar, provozierend. Ihre Haut scheint in ihrer Kleidung an die Oberfläche zu kommen, was ihn unbehaglich macht und zugleich anzieht. Seine Erfahrungen in Rostock, kurz vor seiner Meldung als Kriegsfreiwilliger, scheinen sich in eine allgemeine Verhaltensnorm verwandelt zu haben. Der Soldat weiß nicht, wie er sich diesen neuen Regeln verweigern könnte, was er von sich aus am liebsten täte, aus Furcht vor einer neuen Art von Unterwerfung, der schwerer zu entgehen ist. Er schläft ein und wacht erst auf, als das Wasser fast kalt geworden ist. Hastig berappelt er sich und steigt aus der Wanne.

Tine hat ihm auf einem Stuhl einen grauen Anzug und den dazu passenden grauen Mantel bereitgelegt. Der Soldat zögert, sich die Zivilkleidung anzuziehen, auch wenn sie ihm doch gehört. Die Hosenbeine sind etwas kurz geworden, aber die Weste passt immer noch an seinen Körper, der zugleich magerer und entwickelter ist. Als er den Anzug das letzte

Mal getragen hat, war er kleiner und fetter, ohne irgendwie dick zu sein, bloß wohlgenährt. Seine Großmutter passt gut auf ihren zwanzigjährigen Enkel auf. Er fragt sich, wie Mantel und Anzug zu seinen Eltern geraten sind. Die Großmutter ist umgezogen, was ein Grund gewesen sein könnte, seine Sachen zu den Eltern zu schicken. Ehe er sich ankleidet und den Mantel in den Flur hängt, wirft er seine schmutzige Uniform in die Badewanne, um sie mit der Seife zu säubern, die er für sein Bad gebraucht hat. Noch halbnackt, gießt er im Hof das Wasser aus, das vom Staub geschwärzt ist, der aus seinen Kleidern dringt. Er reibt sich noch einmal mit einem trockenen Handtuch ab und schlüpft schnell in seine Kleidung, ehe er noch einmal Wasser heiß macht, um die Wäsche damit auszuspülen.

Inzwischen ist der Soldat es gewöhnt, seine Hausarbeit selbst zu machen, denn im Lager hat er nicht genug Seniorität besessen, um seinen eigenen Burschen zu haben. Die Anstrengung lässt ihn wieder schwitzen, aber er versteift sich darauf fertig zu werden, wie in der Erwartung, gleich wieder fortgehen zu müssen, wenn seine Uniform trocken ist, als Landstreicher, der von Ort zu Ort irrt, ohne endlich irgendwo Aufnahme zu finden. Denn seine Zivilkleidung gehört ihm noch nicht, er wird sie auf seinen Weg nicht mitnehmen, nein, das ist Blödsinn, was er da denkt, er möchte gern, dass der Vater wiederkommt, der in diesem Augenblick das Haus des Lehrers verlässt, um dem gleichen Weg zu folgen, den sein Sohn am Vorabend eingeschlagen hat.

Unmöglich, sich den verschneiten Wald an diesem sommerheißen Tag vorzustellen, während man vergeblich auf einen Regen hofft, der nicht kommt, und nur unklar den Weg sieht, den die Spuren von Rädern auf dem vereisten Boden bezeichnen. Die Sonne, die morgens noch gestrahlt hat, versteckt sich hinter grauen Wolken und unter den Bäumen. Man bewegt sich im Halbschatten, obwohl es bald Mittag ist.

Der Pfarrer geht schnell, um die Zeit aufzuholen, die der Umweg über Kleinau ihn gekostet hat. Er hat nicht einmal einen Blick in die Kirche geworfen, aber er wird übermorgen wiederkommen, um die Familien der Konfirmanden zu besuchen. Ohnehin mag er sie nicht, sie ist kalt und größer als seine eigene Kirche, mit einem mächtigeren Turm, den ein hässlicher Stützpfeiler aufrecht hält. Vielleicht liegt daran seine Abneigung. Alle Kirchen der Gegend sind genau nach Osten ausgerichtet, aber in manchen Fällen haben sie keinen Eingang im Westen, außer einem Fenster, das nicht unbedingt mit dem Kirchenschiff in einer Beziehung steht. Der Erlöser wird sie nicht betreten können, ohne um das Bauwerk herumzugehen, denkt er, sonst bleibt er an der Mauer kleben, ohne Einlass zu finden.

Wie ist der Pfarrer auf diesen Gedanken gekommen? Er träumt nicht, er ist ganz wach und geht schnell, um sich damit zu erwärmen. Manchmal hat er das Gefühl, dass seine Brust sich verengt. Die Luft ist frisch, er denkt an seinen Sohn und hofft ihn gesund vorzufinden, denn er zweifelt nicht mehr daran, ihn bald wiederzusehen. Die Bauern jedenfalls haben ihre eigene Art zu denken und sehen nicht alle die Wiederkehr des Christ als ein wünschenswertes Ereignis, als etwas, das mit ganzem Herzen sorgenfrei zu ersehnen ist. Einerseits verlören sie alles Eigentum, alles Geld, all das, was unter ihrem Fußboden verborgen ist, mitsamt der Leichen, die nicht wiederaufzuerstehen brauchen. Dem Herrn den Weg zu versperren, kann ihnen als gut überlegte List erscheinen, alles in allem.

Aber der Pfarrer weiß, dass der Herr schon unter ihnen ist, seit den Schatten der Vorzeit, verurteilt dazu, an jedem Ort anwesend zu sein, wo man ihn verehrt, ohne sich den

Gläubigen entziehen zu können, die er, der Pfarrer, als aufsässigere Herde versammelt, als man so denkt. Männer und Frauen, alle zahlenden Mitglieder der Gemeinde ordnen sich in numerierte Kirchenbänke ein. Die Pacht der Kirchenbänke ist eine der sichersten Geldquellen des Pfarrers. Die einen wie die anderen sind eifersüchtig auf alle, die Anspruch auf eine Bank näher an der Kanzel haben, wenn sie nicht erbittert über den Preis dieser bevorzugten Bänke sind, die sie im Verhältnis zu ihrem höheren Rang teurer bezahlen. Der bescheidene Acker, der an seine Stelle gebunden ist, kommt zu seinen Einkünften hinzu, aber ihn hat er an den früheren Müller Runge verpachtet, weil seine Kräfte ihm nicht gestatten, ihn selbst zu bearbeiten. Der Müller ist während des Krieges gestorben und seine Frau, mit dem bisschen Hilfe, das sie zu erhalten weiß, bearbeitet ihn weiter, soweit sie das kann.

Alle warten auf die Rückkehr der Männer, die noch kriegsgefangen sind, vorläufig ersetzt, so glaubt man, durch Arbeiter, die aus dem Osten kommen und oft katholisch sind und daher aus dem Leben der Gemeinschaft ausgeschlossen. Der Pfarrer spürt ihre Anwesenheit als eine Störung, mehr wegen seiner Unzuständigkeit für ihre religiösen Bedürfnisse als deshalb, weil sie seine Autorität in den früher rein lutherischen Dörfern angreift. Durch ihr Bekenntnis entziehen sich die Arbeiter der Autorität des Staates ebenso wie der Kirche, die ihn darstellt. Die Leute misstrauen ihnen, ihrer Religion und ihrer Art, die Worte anders auszusprechen. Die Mädchen reden nicht mit ihnen. Dabei sind sie doch auch Deutsche. Aber der Begriff der Nation hat keine große Reichweite in der Gegend. Der Krieg hat die Voraussetzungen vielleicht verändert, aber die Unterschiede bleiben die gleichen. Frauen gibt es unter den Fremden auch. Man achtet sie nicht wirklich, überlässt ihnen die ermüdendste Arbeit, aber die Neuankömmlinge beschweren sich im allgemeinen nicht. Brot zu haben ist ihnen wichtiger als Würde. Der Pfarrer findet die Spaltung gefährlich, die er beobachtet, aber er hütet sich, die wechselseitige Abneigung zu nähren, indem er sie beim Namen nennt. Immer noch lebt die Hexenjagd im Gedächtnis, die sich vor kaum einhundertfünfzig Jahren hier zugetragen hat, mit Namen, die immer noch einen Widerhall in der Gemeinde haben. Die Vergangenheit ist sehr gegenwärtig. In ihrem Denken sind die Scheiterhaufen noch nicht erloschen.

Aus der Umwälzung, die mit der Neuverteilung von Grund und Boden in der Mitte des neunzehnten Jahrhunderts geschehen ist, haben die einen Gewinn gezogen und die anderen nicht, trotzdem hält sich die Sehnsucht nach einer Vergangenheit, als die Mehrzahl der Einwohner nichts als Knechte waren. Dazu muss gesagt werden, dass das Dorf immer arm geblieben ist, wenigstens dem Anschein nach. Niemand ist reich geworden, indem er Landeigentümer wurde. Aber die Bauern leben in dem Glauben, dass früher alles besser war. Daher ist es besser, ihnen keinen Anlass zu geben, sich gegen einen Feind zu wehren, der in ihren eigenen Köpfen entsteht. Die Polizei hat die Pfarrer im übrigen über die Notwendigkeit unterrichtet, wachsam zu bleiben.

Als der Pfarrer heimkommt, lastet die Erschöpfung mehr auf ihm, als er glaubt. Er kommt zur Tür herein, die auf die Straße hinausgeht, legt seinen Mantel ab und betritt die Küche. Er sieht zwei Gedecke auf dem Küchentisch und wundert sich nicht. Im Hof steht der Soldat an der Stalltür und unterhält sich mit dem Pferd. Als er die Küchentür quietschen hört, dreht er sich um. Bei seinen Schritten über den Hof achtet er darauf, keine weiteren Fußstapfen im Schnee zu seinen eigenen hinzuzufügen. Ohne ein Wort zu sprechen, umarmen sie sich auf der Türschwelle. Der Sohn nimmt den Topf mit Essen aus der Backröhre. Der Tisch ist schmucklos bis auf die Teller und das Besteck. Beide zögern sie, ehe sie sich hinsetzen. Früher haben sie nicht hier, sondern im Esszimmer gegessen. Eine Tischdecke gibt es nicht. Der Topf wird einen Abdruck auf dem Holz hinterlassen, aber darauf kommt es nicht an, so schlecht, wie es schon behandelt worden ist. Weder Vater noch Sohn fühlen sich wohl in ihrer Haut. Sie essen, ohne darauf zu achten, was sie vor sich haben. Die Mutter fehlt ihnen. Als sie fertig sind, zieht der Pfarrer sich in sein Arbeitszimmer zurück. Der Sohn trägt seinen Rucksack nach oben, in die Kammer, die ihm gehörte, als er noch ein Kind war. Er findet alles vorbereitet, das Bett ist schon gemacht, als sei seine Mutter noch am Leben. Tränen steigen ihm in die Augen, die er nicht unterdrückt.

Im Arbeitszimmer setzt der Pfarrer sich in den alten Sessel am Fenster. Er fühlt sich schwer und bedrückt von den Sorgen, die sich vermehren. Die Krankheit des Lehrers im Nachbardorf, die Rückkehr des Sohnes, alles. Er schließt die Augen. Nach einer Weile steht er auf, geht um den Schreibtisch herum und nimmt zwei Postkarten, die schwarz umrandet sind. Er schreibt zwei kurze Nachrichten, die eine an Landarzt Dieckmann mit der Bitte, möglichst bald den Lehrer zu besuchen, die andere an seine Schwägerin in Rostock, um ihr die Ankunft des Sohnes anzukündigen, ohne weiter etwas hinzuzufügen als seine guten Wünsche. Die Karten scheinen ihm unpassend, Trauerkarten, aber er hat keine anderen bei der Hand und will nicht in der Handtasche seiner Frau, die er seit ihrem Tod nicht angerührt hat, nach anderen suchen. In seinem Geldbeutel findet er Briefmarken. Beruhigend ist es, dass sie immer noch das Bild einer Germania mit Jugendstilzügen zeigen. Er schaut auf seine Taschenuhr. Es ist zu spät, um sie noch in den Briefkasten beim Gasthaus zu werfen, er wird sie auf das Postamt in Seehausen mitnehmen, dann kommen sie morgen noch an. Er steckt sie in die Innentasche seiner Weste. Auf der Treppe merkt er, wie ihm die Luft wegbleibt. Vielleicht hat er zu gut gegessen? Plötzlich bekommt er es mit der Angst zu tun und nimmt sich vor, auch zum Arzt zu gehen. Er ruft nach seinem Sohn, Gerd, kommst Du mit? Ich muss in die Stadt um ein paar Dinge zu regeln, möchtest Du? Die Tür oben öffnet sich, der Soldat steigt zu ihm herunter und umarmt ihn noch einmal. Tränen steigen ihm wieder in die Augen und auch der Pfarrer weiß sie nicht abzuwehren.

Das Pferd lässt sich friedlich anschirren. Es ist ein grauer Wallach mit weißer Blesse, blind auf einem Auge, der an der Ostfront Dienst getan hat. Der Pfarrer hat ihn nach dem Frieden von Brest-Litowsk billig erworben, als es seiner Frau immer schlechter ging. Den Einspänner hat er schon früher erwerben können, als er noch sein altes Pferd besaß, er hat dem Sohn eines reichen Bauern gehört, der schon gefallen ist, ehe Gerd sich freiwillig gemeldet hatte, im August des Jahres Vierzehn. Er ist in der Scheune geblieben, niemand hat daran gerührt, bis man ihn dem Pfarrer verkauft hat. Außerdem hat der Bauer da schon keine Pferde mehr, außer einem alten Kaltblut, das nicht mehr pflügen kann.

Auf der noch gut unterhaltenen Chaussee nach Kossebau rollt der Einspänner rasch dahin. Nach sieben Kilometern ohne Bebauung wendet die Straße sich nach rechts und dann hart nach links, wo eine lange Kastanienallee einmündet. Der Soldat hat die Zügel genommen, da er so zu etwas gut ist, zumal der Pfarrer kein besonders erfahrener Kutscher und gewöhnlich nicht so schnell unterwegs ist. Oft hängt er seinen Gedanken nach und sein Pferd fängt erst dann an zu traben, wenn ihm die nächste Verabredung einfällt und er es mit der Peitsche antreibt. Nun steigt die Chaussee nach Lückstedt hin leicht an und der Soldat erlaubt dem Pferd, Atem zu schöpfen. Wen besuchen wir? fragt er. Wir fahren beim Steinmetzen vorbei, sagt der Pfarrer, die Inschrift ist noch nicht ausgeführt und ich muss ihm noch den Vers sagen, den er daruntersetzen soll, die Stelle aus dem ersten Korintherbrief, Kapitel 13, Vers 13, die am Sonntag vor Marthas Tod im Gottesdienst gelesen wurde, am letzten Sonntag vor der Fastenzeit: *Nun aber bleibt Glaube, Hoffnung, Liebe, diese drei; aber die Liebe ist die größte unter ihnen.* Das habe ich wie einen Fingerzeig empfunden. Außerdem möchte ich mit dem Superintendenten darüber sprechen, ob ich nicht doch endlich in eine Gemeinde in der Stadt versetzt werden kann. Ich habe schon mehrmals darum nachgesucht, aber ohne Erfolg.

Der Soldat schaut ihn fast erstaunt an. Du hast drei Kirchen zu versorgen, aber in der Stadt müsstest Du dich statt mit ein paar hundert Menschen mit einer Gemeinde befassen, die vielleicht Tausende umfasst. Sie würden dir noch mehr Kräfte abverlangen, Du wirst mit Arbeitern, Armen, Alten und Kranken ohne Familie zu tun haben, mit Schwerverwundeten und Behinderten und Verrückten. Wenn Du dich ausruhen willst, musst Du deinen Beruf aufgeben. Der Pfarrer stimmt ihm mit einem Nicken zu. Wenn Du hoffst, deine Lage zu bessern, fügt der Sohn hinzu, bitte schön, aber man darf sich nicht zu sehr auf die Hoffnung verlassen, sonst stirbt man verzweifelt. Damit überqueren sie die Kleinbahn, die von Arendsee nach Osterburg führt, der Kreishauptstadt. Nach wenigen Kilometern durchfahren sie noch ein Dorf, Dewitz, ehe die Chaussee zum Zehrengraben hinunter und gleich wieder hügelauf steigt, an Bretsch vorbei. Die beiden Dörfer – das eine besitzt eine kleine, bescheidene Kirche, das andere eine große mit eindrucksvollem Turm, neben dem Herrenhaus eines Rittergutes – hassen sich. Die wechselseitige Abneigung der Dörfer ist eine historische Tatsache, an der sich nie etwas ändern wird, fleischgeworden in der Weigerung ihrer freiwilligen Feuerwehren, sich gegenseitig zu helfen. Der Zehrengraben ist die wichtigste Wasserquelle für die einen wie die anderen, höchstens zwei Kilometer trennen sie, aber man betrachtet sich nicht als Nachbarn. Soweit es irgend möglich ist, vermeidet man es, den Graben zu überqueren.

Im Vorbeifahren denkt der Soldat an die französischen Dörfer, deren Zerstörung durch Artilleriebeschuss und das Schwanken der Front über ihr Gebiet und durch Feuersbrünste er mit angesehen hat. Der Graben verwandelt sich für ihn in das Grab von hunderten, tausenden Infanteristen, nicht wiederzuerkennen mit den Stacheldrahtverhauen, die sich hier gegenüberliegen. In einer Flut von Schlamm versinken die Körper der Gefallenen von allein. Überall sieht er artilleristische Möglichkeiten. Hass versteckt sich in der friedvollen Landschaft, der vor sieben Jahrhunderten mit der Vernichtung der slawischen Bevölkerung durch deutsche Siedler geboren wurde, als die in eine vor einem halben Jahrtausend aufgegebene Gegend zurückkehrten. Rechts taucht ein steinzeitliches Denkmal auf. Halte einen Augenblick an, sagt der Pfarrer, wir haben die Zeit dazu. Im Sommer ist das Hünengrab eine der Stellen, wo man Schatten findet, Bäume umgeben es, manchmal macht man hier ein Picknick auf dem Rückweg vom Markt, statt bei einem Kollegen zu essen, den das in Verlegenheit bringt, weil er eine allzu große Familie hat.

In der Entfernung scheint das Dorf Bretsch ganz dem Mittelalter anzugehören. Die Chaussee folgt nicht dem früheren Wegeverlauf, der sich noch als Baumreihe auf dem Hügel abzeichnet. Sie beeinträchtigt das mittelalterliche Bild, sie ist gepflastert und gesäumt von Apfelbäumen, angelegt als Folge der Umverteilung der Ländereien, deren kleinste Einzelheiten die Leute immer noch bereden, ohne je mit ihrer Eifersucht oder ihrer Genugtuung ein Ende zu finden. Nur die Kirchen sind dem Anschein nach die gleichen geblieben, aber das täuscht, denn sie sind Ausdruck der Ländereien, die ihnen gehören. Nach über dreißig Dienstjahren weiß der Pfarrer genug, was den Grundbesitz der Kirche in der Gegend betrifft. Der Hochmut mancher seiner Kollegen, die fast mehr Gutsverwalter als Seelsorger sind, regt ihn auf.

Vater und Sohn bleiben neben dem Einspänner stehen, um den Wallach eine Weile ausruhen zu lassen. Rasch durchqueren sie dann den Wald, durch den die Chaussee zu einer ausgedehnten Hochebene hinaufsteigt. Sie überqueren einen Kreuzweg, der wie ein schwarzes Kreuz in die noch vom Schnee gebleichte, vielleicht ein wenig kälter gewordene Landschaft eingezeichnet ist. Dann noch ein Dorf, Drüsedau, unbedeutend wie die anderen, Bretsch und Kossebau ausgenommen, mit einer Fachwerkkirche, die bedrückend aussieht. Das Pferd hat nicht mehr den Schwung der Abfahrt, aber es beschleunigt seinen Trab, als die Chaussee beginnt, zur Stadt hinabzusteigen, die noch fünf Kilometer entfernt ist. Es spürt die Luftveränderung. Sie nähern sich dem Strom und seinen Zuflüssen und die Luft beginnt, das Wasser dem Land vorzuziehen, ein Land, das stets von Überschwemmung bedroht ist. Nicht weit hinter der Bahnlinie von Stendal nach Wittenberge gelangen sie vom Boden der Höhe auf den schweren und nassen der Wische, auch sehr reich und lästig zu pflügen. Die Häuser hier haben keine Keller, sie sind so gebaut wie in Holland oder in den Ebenen von Flandern, die der Soldat nicht näher hat studieren müssen, so vertraut, wie sie ihm waren.

Nur die Spuren des Krieges fehlen hier, aber als der Soldat das laut sagt, erzählt der Pfarrer vom Dreißigjährigen Krieg, von den Spuren der Schweden, die sie in der ganzen Gegend hinterlassen haben, von den Franzosen und dem Befreiungskrieg von 1813, vom Königreich Westphalen und vom großen König Friedrich. Die Büste des Königs ziert sein Arbeitszimmer, neben der Wiedergabe einer Zeichnung von Thorvaldsen, einem Christus mit der Dornenkrone, vielleicht steht auch eine Büste von Voltaire dort, aber da mischt sich vielleicht die Erinnerung an ein anderes Arbeitszimmer ein, das Gefühl, dass der Pfarrer auch einfach Schriftsteller hätte werden können, in einer größeren Stadt wie Braunschweig zum Beispiel, wo er im Alter eine Etagenwohnung und Zentralheizung und ein ruhiges Auskommen gehabt hätte. Der Sohn kennt die historischen Kehrreime des Vaters und schweigt. Eigentlich ist er damit zufrieden, dass sie eine gewisse Unabhängigkeit beweisen. Das Geschichtsbild des Pfarrers ist preussisch-protestantisch, aber wilhelminisch ist es seit 1888 nicht mehr. Ein wenig Welfentum ist darin, auch wenn er nicht im Königreich Hannover geboren ist. Auch viel Liberales, was immer das nach dem Weltkrieg noch bedeutet.

Der Pfarrer steigt vor dem Gasthof ab und überlässt es dem Sohn, den Einspänner im Hof abzustellen, wo das Pferd in den Stall geführt wird und seine Ration Heu bekommt. Als der Soldat auf die Straße tritt, findet er die meisten Läden geschlossen. Er wandert bis zur Tempelstraße und wendet sich dort rechts zum Beustertor und zur Brücke, wo Angler aufgereiht sind wie ehedem. Etwas weiter weg treibt ein Ausflugsdampfer in der Mitte des Flusses, der den Ort umarmt, und wartet auf den Frühling, um sein Geschäft wieder aufzunehmen.

Der Soldat geht durch das Tor zurück und wendet sich nach links in Gässchen mit ganz niedrigen Häusern, die Soldatenhäuser heißen, weil früher ein Regiment dort untergebracht war. Der Pfarrer hat dort mit seiner verwitweten Mutter gewohnt, nicht weit von der Kirche, die ungeheuer groß an einem Platz für sich aufragt, gegenüber der alten Schule und dem Pfarrhaus. Sie trägt immer noch den Namen des heiligen Petrus, trotz der Jahrhunderte, die sie unter der Aufsicht von Pfarrern und nicht von Priestern stand. Man könnte hier seinen Frieden wiederfinden, in der Nachbarschaft eines Bauwerks, das alle Sorgen zermalmt, wäre es möglich, dabei die kleinen Straßen ringsum zu vergessen.

Die Leute schlamasseln sich da so durch und vermasseln es einander in einem ganz und gar protestantischen Geist, denkt der Soldat, wie in einem nichterklärten Bürgerkrieg, der alle erfasst, immer schon. Unsichtbare Gräben teilen das Städtchen. Zwischen der großen und der kleinen Brüderstraße, zwischen der Grabenstraße und dem Beustertor sind die Gegensätze stark. Sie widerstehen dem Feuer und dem Krieg, werden von den Eigentumsgrenzen aufrechterhalten, die beides überleben. Als Kind, wenn er die Mutter manchmal zu Einkäufen in Seehausen statt in Arendsee begleitet, bewundert der künftige Soldat die Lokomotiven, die er am Bahnhof sieht, aber er fürchtet sich, allein in die Kleine Brüderstraße zu gehen. Dort wohnt ein Oger, der in der Nachbarschaft Schrecken verbreitet. Die Kinder flüstern sich angsterregende Geschichten über ihn zu, dass er sie in seinen Hof hineinschleppt, um sie dort grausam zu foltern. Tatsächlich ist der Oger Hausmeister der Volksschule, wo er seinen Auftrag mitleidslos erfüllt.

Der Soldat erinnert sich mit einem Frösteln an ihn, obwohl er nicht in diese Schule gehen musste. Der Lehrer im Dorf ist allerdings kaum besser gewesen, ohne dass der ihn hätte anrühren dürfen. Der Vater sorgt für seine Erziehung, bis zu seiner Verschickung nach Rostock, zur Großmutter. Beim

Doberaner Platz hat er gewohnt, in der Friedrichstraße Nr. 8, die hinunter an den Stadthafen führt, zur Warnow. Ein bürgerliches Mietshaus, schon trockengewohnt, noch ganz neu. Modern. Er erinnert sich an den Schulweg, hinauf zum hohen Stadttor und über die steilen Anlagen auf den früheren Stadtwällen. Um zur Großen Stadtschule zu gelangen, musste er die Altstadt nicht betreten. Das ist lange her. Der Krieg liegt der Erinnerung im Weg.

Der Soldat schaut zur Turmspitze hinauf, die zweimal höher aufragt als das Dach der Kirche. Tauben machen dort Geschwaderübungen und fliegen plötzlich in alle Richtungen davon, als der Falke auf sie niederstürzt, ohne sie erwischen zu können. Auch dort oben geht ein mitleidsloser Krieg immer weiter. Er wendet den Blick ab und versucht, unter den Erinnerungen seinen Weg zu finden, die bei jedem Schritt wieder da sind, Erinnerungen an Städte und Dörfer, die vom Artilleriebeschuss verwüstet sind, niedergebrannt und vorübergehend wieder instandgesetzt, um als Etappe zu dienen, wenn die Front sie aus ihrem Griff entlässt. Sobald die Front zurückkehrt, zerschmettert sie alles aufs Neue. Auch wenn der Krieg hier ebenfalls hindurchgekommen ist, vor hundert oder zweihundert Jahren, zerstörerisch bestimmt, war er ein viel vorübergehenderes Ereignis. Das Feuer ging vorbei und die Ordnung stellte sich wieder her, im Schrecken und in der Trauer der Überlebenden. Aber in den Schützengräben der Front erscheint der Krieg nicht beendbar. Die Mehrzahl der Bewohner ist aus ihren Häusern geflohen. Man lebt als Soldaten, auf beiden Seiten der Front. Frauen mangeln oder kommen auf Tournee dorthin.

Der Soldat versucht, diese Erinnerungen zu verdrängen, aber es gelingt ihm nicht. Ein Haus zu betreten und Brot oder Fleisch mitzunehmen, ohne danke zu sagen, nein, er denkt, dass er immer danke gesagt hat, aber es ist eine falsche Höflichkeit, denn danke zu sagen, wenn das Gegenüber sich nicht wehren kann, das ist nichts wert. Vielleicht fühlt man sich etwas besser, wenn man so eine letzte Beleidigung ausspricht. Besser ist der Kampf, das Abenteuer des Schlachtens. Im Lager spricht man bloß vom Abenteuer. Vom Kampf. Manchmal ist das eher lächerlich, denn das Sichtfeld der Offiziere ist auf die Taktik von Stoßtrupps, Kompanien, auf die eines Regiments vielleicht eingegrenzt. Keiner der Gefangenen hat an den Beratungen der Generalstäbe teilgenommen. Trotzdem fehlt es nicht an Strategen.

Unter den Fliegern gibt es welche, die laut die Überlegenheit ihrer Waffengattung gegenüber dem Pfusch der Schützengräben verkünden. Sie haben von oben gesehen, was unten vorgeht, und sind überzeugt von dem, was sie sagen. Andere haben gesehen, wie alle strategischen Hoffnungen auf dem Boden zunichte wurden, je mehr die Front erstarrt. Das Ballett der Flugzeuge am blauen oder gewittrigen Himmel eines Krieges, der von ihrem Krieg weit weg ist, scheint ihnen anstößig. Was nicht verhindert, dass dieses Luftballett den Fliegern fast den Charakter von Zirkuskünstlern verleiht, sie jedenfalls absondert. So erträgt man die unaufhörlichen Höhenflüge des Leutnants Ley, eines schwerverwundeten Fliegers, der aus seinen Verwundungen eine Energie zu beziehen scheint, die sich um jeden Preis ihren Weg sucht. Seine Tiraden sind den einen lästig und belustigen die anderen, aber man lässt sich in seine Projekte hineinziehen, ohne es zu wollen. Ein Lagerunterricht kommt zustande, mit dem Chemiker Dr. Ley, der eigentlich noch keinen Doktortitel führen darf, als Organisator. Der Missmut, die Langeweile vor allem sind die Grundlage jedes Gesprächs, daher ist es nicht harmlos, wenn der Fliegerleutnant über jüdische Kameraden herzieht und Meinungen äußert, die den meisten aus der eigenen Erziehung nur zu vertraut sind.

Der Soldat weiß, wie sein Vater über die Juden denkt, wie der alte Kaiser nämlich, der zu seinem Hofprediger Stöcker gesagt hat, das Volk Gottes verfolge man nicht. Der Pfarrer hat sich das zu eigen gemacht und damit ein Problem gelöst, das auch auf dem Land virulent ist. Die Bauern, je ärmer sie sind, haben desto mehr den Juden zu verdanken, die ihnen bar bezahlen, was sie ihnen abkaufen, aber sie erkennen das selten an. Plötzlich durchsticht der Schrei eines Vogels den Himmel nah beim Turm und die Tauben fliehen in einer abgestimmten Bewegung, die wie ein Kavalleriemanöver erscheint, wie der Soldat es selten zu sehen bekam, abseits der eigentlichen Kämpfe, in der Etappe oder ein oder zweimal in Polen, fern vom Grabenkrieg, wie er ihn in Frankreich erlebt hat. Er fragt sich, ob er die Härte der Ausbildung ausgehalten hätte, durch die sich die Kavallerieoffiziere vor den anderen Gefangenen auszeichnen. Sein Pferd hat er sehr geliebt, das ihm drei oder vier Mal ersetzt wurde, natürlich, denn eine unglaubliche Zahl von Pferden ist dem Krieg geopfert worden. Trotzdem hat er Pferdegulasch gegessen, wenn es nichts anderes gab. Tot ist tot. Wenigstens der Gulasch ließ sich noch loben. Braves Gulasch. Bei der Erinnerung würgt es ihn.

Aber deshalb die Disziplin der Kavalleristen aushalten müssen? Die Fußartillerie operiert in kleinen Einheiten, mit rasch ihren Ort wechselnden Batterien. Im Gefecht ist er daher ziemlich unabhängig gewesen, wenn er einmal in eine bestimmte Stellung befohlen war. Der Kirchturm hätte in der Schlacht als Richtungs- und Beobachtungspunkt gedient. Die schwere Artillerie hätte ihn beschossen oder verteidigt, je nach seiner Lage zum Verlauf der Front. Beim Abstieg von der Höhe in die Ebene haben der Pfarrer und sein Sohn den

Petrikirchturm schon von weitem gesehen. Der Turm ist die eigentliche Mitte der Gegend zwischen Land und Wasser, derart hoch, ungefähr sechzig Meter, dass die Leute sich ganz von sich aus auf ihn zubewegen, als seien sie hypnotisiert von seiner Unwahrscheinlichkeit. Einst war die Ebene regelmäßig überflutet, von ein paar Inseln abgesehen, um noch fruchtbarer daraus hervorzugehen. Kein Hindernis außer Bäumen, die ihn auf kurze Entfernung verschwinden lassen, gibt es zwischen dem Turm und der Elbe, die mindestens acht Kilometer entfernt ist und trotzdem die Landschaft mit einer Mächtigkeit umschließt, der nirgends zu entgehen ist. Der Pfarrer hat das große Hochwasser von 1909 mit eigenen Augen gesehen. Der größte Teil der Gegend liegt unter dem Hochwasserspiegel des Stroms.

Schließlich entschließt der Soldat sich, in die Kirche einzutreten, deren Türe offensteht. Das Innere bleibt im Halbdunkel, trotz der großen Höhe der Kirchenschiffe. Er erinnert sich kaum noch an seinen letzten Besuch. War es das Begräbnis seiner Großmutter? Sie hat weiter in der Kleinstadt gelebt, in die ihr Mann sie geholt hatte, in einem anderen Jahrhundert, vor sechzig Jahren. Bei alldem, was sich inzwischen ereignet hat, denkt er, scheint die Mutter des Vaters der Nacht der Zeit zu gehören, den Jahrhunderten und Jahrhunderten, die schon mythisch oder unbeständig geworden sind, außerhalb jeder Wirklichkeit, einer Zeit, als eine Kirche immer groß genug war, um die ganze Stadt in ihren Mauern zu beherbergen. Der Soldat betrachtet die Kanzel und erinnert sich, wie der Vater hinaufgestiegen ist und von der Toten gesprochen hat, aber hat er den Gottesdienst wirklich selbst gehalten, weitab von seiner Pfarrgemeinde? Auf einmal fragt er sich, wie sich das vor wenigen Wochen mit seiner Mutter abgespielt hat, dort im Dorf. Wie kann er vom Vater verlangen, ihm die Worte seiner

Predigt zu wiederholen? Er wagt nicht daran zu denken, denn er fürchtet sich zu ärgern, Worte zu hören, die vielleicht oder bestimmt zu formell, zu banal sind, Ausdruck der Pflicht oder im Gegenteil, zu gefühlvoll.

Am späten Nachmittag, als die beiden nach Heiligenfelde zurückkommen, dunkelt es schon. Gerd führt Pferd und Wagen zum Stall, schirrt es ab und füllt ihm die Raufe mit Heu. Im Trog ist bloß noch etwas Feuchte und er holt Wasser aus dem Brunnen. Jetzt wird ihm kalt. Der Vater erscheint in der Küchentür. Wir gehen gleich hinüber ins Gasthaus, sagt er, dienstags ist nicht mein Abend, aber deine Ankunft wird sicher schon beredet und es ist besser, wir zeigen uns dort. Ich habe Holz nachgelegt. Nachher wird der Kachelofen schön warm sein.

Der Gasthof, ein um die Jahrhundertwende neuerbautes Anwesen mit großem Saalbau, steht an der Ecke zur Chaussee ein großes Stück zurück von der Dorfstraße, zwischen dem Eingang zum Kirchhof und dem viel bescheideneren Pfarrhaus, das nach hinten ebenfalls an den Kirchhof grenzt. Einen Teil seines Gartens hat der Pfarrer zu dessen Erweiterung hergeben müssen. Das Dorf ist arm, aber dem Gasthof ist das nicht anzusehen, den der Wirt neben seiner Landwirtschaft betreibt, um so zu allen Jahreszeiten ein gutes Auskommen zu haben. Der Pfarrer erinnert sich noch an die Unkenrufe der Bauern, als der große Saalbau aufgerichtet wurde. Nachher hat dann jeder schon vorher gewusst, dass bei Altenburg der Erfolg unvermeidlich ist. Lebt der Vater noch? fragt der Soldat, der sich mehr an den Sohn erinnert, der etwas jünger ist als er, vielleicht ist er nicht eingezogen worden, er hofft es für ihn. Der Vater arbeitet noch mit, aber der Sohn macht abends die Wirtschaft allein. Wenn er nicht hiergeblieben wäre, hätte der Vater das Gasthaus nicht halten können. Aus irgendeinem Grund hieß er Keule, sagt der Soldat, dabei hätte er niemals zugeschlagen.

Der Vater legt Gerd die rechte Hand auf die Schulter, als sie in die Gaststube eintreten, obwohl er einen halben Kopf kleiner ist als er. Der Soldat wirkt in seinem an Ärmeln und Knöcheln etwas zu kurz gewordenen Anzug, der ihm trotzdem am Leibe schlottert, als Fremder, als Besucher aus einer Vergangenheit, die es nicht mehr gibt. Keule wirft ihm einen raschen, aufmerksamen Blick zu, bückt sich und holt eine Flasche Klaren unter dem Tresen hervor. Willkommen, Gerd, sagt er, Sie trinken doch auch einen Schluck mit, Herr Pfarrer? Ein Gast rückt näher und schaut neugierig zu, wie sie miteinander anstoßen, versucht aber nicht, sich ins Gespräch zu mischen. Der Pfarrer kehrt ihm den Rücken zu. Gerd hat den Eindruck, dass er den Mann nicht beachten will. Sie setzen sich an den Tisch in der Ecke, wo sich sonst der Stammtisch versammelt, sagt der Pfarrer, dann blickt er den Wirt fragend an, denn unter der Woche gibt es im Gasthaus nur ein oder zwei Gerichte, meist Suppen oder Eintöpfe, heute ist es eine dicke Kartoffelsuppe mit viel Rahm und kleinen Stückchen Kohl und Speck, sonst bloß ein Omelett mit einem Berg gebratener Zwiebeln.

Der Vater schaut den Sohn an, gut, wir nehmen beides, erst das Omelett, dann die Suppe, Du musst wieder zu Kräften kommen, mein Junge. Nicht dass ihr denkt, wir wollten fasten, sagt der Wirt, der Winter ist bloß lang dieses Jahr, morgen schlachten wir für Ostern, dann gibt es lose Wurst und Schweinebraten. In Châteauroux war fast schon Frühling, sagt der Soldat, dann sind wir durchs Gebirge gefahren, alles tief verschneit, einmal stand ein Schneepflug auf dem anderen Gleis. Im Lager war es meistens wie hier, manchmal etwas höhere Hügel, keine hohen Berge. Wasser. Wenn die Leute nicht Französisch gesprochen hätten, wäre es wie zuhause gewesen, nur ohne Bett und Tisch und Schrank, immer alleine. Der Wirt bringt zwei Glas Bier aus Salzwedel und setzt sich zu Pfarrer und Soldat an den Tisch. Willkommen zuhause, sagt er noch einmal und dann, mein Beileid. Der Soldat schaut ihn an und drückt ihm die Hand. Während die beiden weiter miteinander reden, sieht der Pfarrer vor sich nieder, wichtig ist das alles nicht, was im Dorf eben so vorgeht und beredet werden kann, ohne einen Wirt in Schwierigkeiten zu bringen. Nichts über den Sohn des Bürgermeisters also, keine Frauengeschichten. Der Wirt weiß sicher Bescheid, aber vor seinen Gästen redet er nicht darüber, wie der Pfarrer, der am Ende auch alles erfährt, allerdings eher auf dem Sterbebett als beim Bier.

Einer nach dem anderen kommen Leute, die vor dem Pfarrer den Hut ziehen und den Soldaten neugierig mustern. Der Wirt hat immer mehr zu tun, das Essen kommt, schweigend löffeln sie die dicke Suppe, das Omelett dauert doch etwas länger, denn der Suppentopf stand schon auf dem Feuer, sagt Keule über die Schulter, während er schon wieder an den Zapfhahn eilt, die Zwiebeln musste er erst noch schälen und schneiden und schön langsam anbraten. Das Essen wärmt ihre Mägen, die Wärme dehnt sich im Körper aus, das gut tut und der Pfarrer trinkt und fühlt eine Art Kameradschaft mit dem Soldaten in sich aufsteigen, in dem er allmählich den Sohn wiedererkennt, den er eigentlich nie recht gekannt hat. Eine Scham befällt ihn zugleich, die ihn daran hindert auszusprechen, was er hier vor anderer Leute Ohren sagen müsste und schon deshalb nicht sagen kann. Dann treten zwei an den Tisch und fragen, entschuldige, Du bist doch der Gerd? Guten Abend, Herr Pfarrer. Auch die anderen, die schon da sind, sechs oder sieben Männer fortgeschrittenen Alters, treten nun an den Tisch. Der Sohn schaut den Vater fragend an, der nickt, eine Runde, sagt Gerd, für einmal ist das erlaubt, auch wenn der Anlass weder Taufe noch Hochzeit oder Begräbnis ist. Dann trinkt der Pfarrer mit, so ist es mindestens üblich.

Alle drängen sich um den Tisch in der Ecke, als noch einmal die Tür aufgeht und der Bürgermeister hereintritt, der die Lage gleich überblickt, dem Soldaten feste die Hand drückt und noch eine Runde ausruft, zu der nun auch der Trinker an der Theke herrisch hinzugezogen wird. Dessen fast in Falten verschrumpeltes Gesicht verzieht sich zu einem listigen Grinsen, er ergreift seine Krücke und humpelt herzu, denn er hat nur ein Bein, seit 1864, da war er ein junger Rekrut und hatte das Pech, bei Düppeln mit dem Landsturm ins Artilleriefeuer der eigenen Seite zu geraten. Wie er in die Altmark gelangt ist, weiß er selbst nicht mehr, ein von Jagow hat ihn als Feldhüter und Zuträger eingestellt, schließlich heiratet ihn eine Magd aus Scharpenhufe und er bleibt da, bald wieder allein. Vielleicht hat er sie totgeschlagen, als sie morgens heimkam und er die ganze Nacht getrunken hatte, eine Weile hat er dafür gesessen. Als Feldhüter haben ihn auch die Dorfschulzen von Heiligenfelde dann brauchen können, ihm entgeht nichts, auch das nicht, was er nicht sehen soll. Der Sohn des Bürgermeisters hält ihn sich vom Leib, indem er hin und wieder zahlt, was er in der Schnapsbude und im Gasthaus anschreiben lässt. Das Geld gibt ihm der Vater, den der Feldhüter über alles auf dem Laufenden hält, was der Sohn in fremden Betten anstellt.

Den Bürgermeister zieht der Pfarrer vor zu bedauern, statt die Puzzlestücke zusammenzufügen, die auf Schlimmeres hindeuten als das, wozu dessen Sohn in seiner schlauen

Beschränktheit imstande ist. Er weiß, dass er aus seinem Dorf nicht mehr wegkommen wird, auch sein Gespräch mit dem Superintendenten hat ihm wieder gezeigt, wie wenig er seiner verarmten Kirche nach über dreißig Dienstjahren wert ist. Der Ton ist härter geworden. Dem Vorgänger des Superintendenten hat er viel zu verdanken, ohne ihn hätte er seine Pfarrstelle nicht im Handumdrehen bekommen, aber jetzt gehört er selbst zum Fußvolk der Kirche, wie seine Bauern. Einen adligen Gutsbesitzer, der ihn als geistlichen Steigbügelhalter betrachten und ihn mit sich selbst erhöhen könnte, gibt es in der Gegend nicht. Seine Frau ist die Tochter eines Rittergutspächters bei den von Jagows gewesen, im Grunde liegt darin der Höhepunkt seines Lebens, dass er wenigstens im Halbschatten des Adels hat heiraten dürfen. Er hat lernen müssen sich zu fügen.

Sein Jähzorn flammt bloß bei kleinen Dingen auf. Offene Türen hasst er. Einmal schmettert er die Tür der Anrichte so heftig zu, dass alles Porzellan zerbricht. Sonst nimmt der Pfarrer sich zusammen, spielt einmal in der Woche Karten mit dem Bürgermeister und dem Schmied, der einen eigenen Kopf und viel Unverstand hat und dabei dem Bürgermeister nie nach dem Mund redet. Auch ihm nicht, aber das ist dem Pfarrer ganz recht so, denn der Schmied, wenn er so unverblümt redet unterstellt ihm nicht, was er insgeheim selber auch ablehnt. Zwar ist sein Körper sehr gedrungen, er muss sich bei der Arbeit nicht bücken, aber seine Kraft macht Eindruck und die Leute betrachten ihn als einen der Intellektuellen im Dorf. Seine Kraft verleiht ihm Überzeugung. Den anderen schaut er dabei nicht einmal ins Gesicht, er spricht unter seinen borstigen Augenbrauen hervor, die noch ganz schwarz sind, trotz seines Alters, man hört ihm also zu.

Der Landbriefträger sitzt mit am Tisch, trinkt wenig und spielt desto eifriger, so das der Pfarrer manchmal eine ganze Weile bloß dabeisitzt, die Pfeife raucht und zuhört. Setzt der Wirt sich dazu, dann erweist er sich als Meister der Unschuld, der den Bürgermeister, einen entsetzlich vorsichtigen Spieler, stets zu ganz unvorsichtigen Dingen reizt, die den Schmied nur gemütlicher machen. Überhaupt ist es aufschlussreich, den Schmied beim Kartenspiel zu studieren, denn hier wirkt er nicht wie ein Kraftklotz, der alles mit den Fäusten regelt, die Karten streichelt er fast zärtlich auf den Tisch, alles an ihm drückt eine Hingabe aus, in die er sich manchmal verrennt, um fürchterliche Einbußen zu erleiden, nicht ohne auch den Bürgermeister ins Unglück zu ziehen. Spielt er mit dem Pfarrer zusammen, so gewinnen sie meist doch, selbst wenn es zunächst schlecht für sie aussieht.

Wir sehen uns morgen Abend, dröhnt jetzt der Bürgermeister und winkt dem Wirt, hinter dem er nach draußen verschwindet. Die Gäste kehren an die Theke zurück, außer dem Feldhüter, der mit seiner Krücke näher an den Tisch rückt und den Soldaten mit unverhohlener Neugier betrachtet. Spielt Er noch so schön auf der Geige wie früher? krächzt er und starrt auf dessen linke Hand mit dem Bierglas, deren Mittelfinger steif abgespreizt bleibt. Der Soldat wird blass und schaut die Krücke an, die der Feldhüter rasch zurückzieht. Nichts für ungut, murmelt er, schaut zur Theke und überlegt es sich anders, nichts für ungut, schon drückt er sich am Wirt vorbei, der schon wieder hereinkommt, zur Tür hinaus, dem Bürgermeister hinterher. Keule hat ein für seine Verhältnisse ärgerliches Gesicht, das sich aber gleich aufhellt und so unbeteiligt fröhlich wirkt wie immer, als er die Tür hinter dem Feldhüter zumacht. Vater und Sohn achten nicht mehr auf die anderen Gäste. Beide versuchen, sich einander zuzuwenden, aber hier will es ihnen nicht gelingen. Die Frage des Feldhüters enthält, was sie noch nicht aussprechen mögen, dass sich alles verändert haben kann und nichts mehr sicher ist, nicht einmal der Glaube, den wenigstens der eine beim anderen voraussetzen sollte. Jahrzehntelang steht die Geige noch in der Stube neben dem Schrank, bis sie beim Feuersturm in Hamburg verbrennt.

Die Zukunft erscheint abgründig und lässt sich doch noch gar nicht ausmessen. Du hast Chemie gemacht im Lager, sagt der Vater, das hat mich erstaunt. Lass uns ein andermal darüber reden, sagt der Sohn, um dann doch fortzufahren, bei der Fußartillerie war ich draußen und immer in Bewegung, musste nicht in den Gräben festsitzen, das hätte ich nicht mehr ausgehalten, aber das Labor ist auch ein geschlossener Raum, den ganzen Tag kommst Du nicht an die frische Luft, das halte ich nicht mehr aus. Wie oft bist Du noch einmal verschüttet worden? Lass uns ein andermal darüber reden. Einmal war es ganz ernst, das hätte schon gereicht. Danach war es jedesmal genauso schlimm, auch wenn es in Wirklichkeit nicht so gefährlich war. Der Körper hält das nicht aus. Es geht nicht um die Seele, der Körper will es einfach nicht ertragen. Er braucht keine Seele dafür, um sich zu fürchten, er fürchtet sich ganz seelenlos, das kannst Du nicht verstehen. Deshalb ist es so fürchterlich. Du weißt auf einmal, dass Du keine Seele hast, weil dein Körper um keinen Preis sterben will, weil er es hasst, zu ersticken und erdrückt zu werden. Das glaubt dir keiner, der es nicht selbst erlebt hat. Der Pfarrer schweigt dazu. Gehen wir heim, sagt Gerd, ich möchte noch eine Weile am Ofen sitzen und denken, dass ich wieder daheim bin.

Der Pfarrer fasst den Sohn an der Schulter, mehr um sich beim Aufstehen auf ihm abzustützen, als um ihn und sich zu ermuntern, nickt dem Wirt zu, der hinter dem Tresen hervorkommt, um ihnen die Tür zu öffnen, was er sonst nicht tut, aber so, wie er alles mitbekommt, was wichtig ist, hat er auch die Frage des Feldhüters nicht überhört. Seine Freundlichkeit ist unbestimmt, er drängt sie niemandem auf, teilt nur von ihr mit, um es den anderen zu überlassen, mit ihr das anzufangen, was ihnen recht ist. Du hast dich nicht verändert, sagt Gerd, das ist schon etwas. Keule macht eine Handbewegung, als wollte er das Gesagte wegwischen, während der Pfarrer noch immer die Hand auf der Schulter des Soldaten hält und mit ihm zur Tür hinaustritt, die der Wirt hinter ihnen schließt. In der Dunkelheit hören sie leise Stimmen, Bürgermeister und Feldhüter stehen noch am Tor des Kirchhofs, scheint es. Sie achten nicht darauf und gehen nach rechts, an den erleuchteten Fenstern des Gasthofs entlang um die Ecke ins Dunkel der Chaussee nach Hause. Eigentlich haben sie noch kaum etwas ausgesprochen und sich doch schon allerhand mitgeteilt, ohne es selbst so recht zu wissen.

Mittwoch, 24. März 1920

Die Kantinenwirtin weiß, wie sie die Postkarten verabreichen muss. Nie gibt es mehr als zwei oder drei verschiedene. Die Kirchen verkaufen sich langsamer, aber am Ende kauft man sie doch, denn sie beruhigen die Verwandten, die sie empfangen und dabei denken, wenigstens sind sie Christen, die Franzosen. Wenn auch Papisten, denken die Protestanten, während die Katholiken die Fassaden von Saint André oder Saint Martial oder Notre-Dame betrachten und sich dabei vielleicht einen Militärgottesdienst vorstellen, die Kirche voll deutscher Uniformen, die bayrischen oder rheinischen oder badischen oder elsässischen oder lothringischen Soldaten in einem Glauben vereinigt, der sie trotz allem mit den französischen Katholiken verbindet, die natürlich ihrer eigenen Kirche fernbleiben. Auch die wagemutigsten stellen sich keinen Gottesdienst vor, an dem alle teilnehmen, Deutsche und Franzosen. Die einen wie die anderen haben keine Ahnung vom französischen Kult der Laizität und dem lang schon geregelten Konflikt mit der Kirche, der dennoch virulent bleibt. Deutschland dagegen ist seit Jahrhunderten an den Wettbewerb zwischen den Bekenntnissen gewöhnt.

Eine dieser Postkarten hat der Soldat an niemanden geschickt. Sie zeigt einen endlosen Vorbeimarsch auf der Avenue du Pont-neuf, den er nie gesehen hat, denn wenn man sie zu Spaziergängen in Gruppen ins Freie führt, vermeidet man jede bevölkerte oder bewohnte Gegend. Die Caserne Charlier, wo das Lager untergebracht ist, befindet sich außerhalb der Stadt in unbebautem Gelände. So erleidet man keine Beleidigungen seitens der Bewohner, sagt der Major, der sich darüber mit dem Lagerkommandanten auseinandersetzt, um schließlich einverstanden zu sein. An der Spitze des Zuges oder vielmehr etwas zu seiner rechten geht ein Mann, der noch dem Militärmusikkorps voraus ist, das ihn gleich überholen wird. Weiter entfernt sieht man berittene Offiziere und ein paar Spaziergänger, die stehengeblieben sind, um dem Vorbeimarsch zuzuschauen. Das Bild ist völlig stumm, man hat seinen Ton unterdrückt.

Der Mann scheint ganz allein weiterzugehen, ohne den Aufzug zu bemerken, der ihn fast erreicht hat, laut und stramm wie die Bäume, die sich über die Straße neigen, noch blattlos, frühlingshaft vielleicht. Der Soldat stellt sich vor, dieser Mann zu sein, sich von all dem nicht berühren lassen zu können, was ihn umgibt, noch einmal frei zu sein.

Noch ist es nicht wirklich hell draußen. Der Vater wird noch schlafen, das Haus bleibt ganz still, während im Dorf schon Bewegung ist. Der Soldat trinkt einen Schluck aus der Wasserkanne neben dem Bett, während er sich anzieht, seine alten, nun frisch gewaschenen Sachen. In Strümpfen tastet er sich die dunkle Stiege hinunter, findet in der Küche seine Stiefel und an der Garderobe im Flur den neuen Mantel, damit nicht zu sehen ist, wie abgetragen seine Uniform wirkt. Er tritt durch die Eingangspforte in die Kälte hinaus. Schnee ist keiner mehr gefallen, überall zeigt sich blanke, gefrorene Erde, wo er weggetrampelt ist. Unter einem wolkenlosen Vorfrühlingshimmel wirkt das Dorf scheckig und arm.

Die Bäume entlang der Chaussee sind nicht so hochgewachsen wie die auf der Postkarte, die er auf den Tisch am Fenster geklemmt hat, oben in der Kammer, seinen Tisch, dessen Platte hinten einen Sprung hat, in dem immer Ansichtskarten staken. Früher sind es Bilder von Kriegsschiffen gewesen, die er als Junge schon in Warnemünde gesehen hat, Schlachtkreuzer, auch ein ganz aus Holz erbautes Torpedoboot, das er wegen seiner vollendeten Form noch mehr bewundert. Er weiß, dass die Leute schon in Stall und Haus bei der Arbeit sind. Noch will er mit niemandem reden und folgt der Chaussee, auf der noch kein Fuhrwerk unterwegs ist. Der Sommerweg ist fest gefroren und bequem zu gehen. Erst schlendert er langsam dahin, die Hände in den Manteltaschen verborgen, obwohl er Handschuhe anhat. Dann beginnt er zu frösteln und beschleunigt unwillkürlich seine Schritte, um sich zu erwärmen. Im Geschwindmarsch erreicht er fast Kossebau, wo er nichts verloren hat. Links zweigt jetzt der Feldweg nach Rathsleben ab, dem will er folgen, von dort wird er durch den Wald nach Heiligenfelde zurückgelangen.

Ein Bauer winkt ihn zu sich auf das Feld, das im Winkel von Chaussee und Feldweg sanft ansteigt. An seinem zweirädrigen Mistkarren hat ein Rad begonnen, sich von der Achse zu lösen. Alleine schafft er es nicht, das wieder zu richten. Der Soldat packt mit an und merkt, dass der Karren aus einer ausgemusterten Geschützlafette besteht, auf der ein großer Bottich festgezurrt ist. Ein noch ganz junges Pferd ist vorgespannt, ein altmärkisches Kaltblut aus der Zucht in Kossebau, sagt der Bauer, als sie das Rad mit vereinten Kräften wieder befestigt haben, es sollte noch nicht arbeiten müssen, auch Pferde haben eine Lehrzeit. Nur gibt es noch zu wenige davon, zum Glück hat er eines erwerben können, weil er beim Gestüt aushilft. War er nicht im Krieg? fragt der Soldat. Meine älteren Brüder sind gefallen, sagt der Bauer kurz, danke für die Hilfe. Die Frage wird er gewöhnt sein, denkt der Soldat und zieht den Mantel wieder an, den er an einen Busch gehängt hat. Mein Vater ist Pfarrer in Heiligenfelde, Brüder hatte ich nicht. Ach so, meint der Bauer, das ist schlimmer. Er tippt sich an die Mütze und steigt auf den Karren, während das Pferd noch stillesteht. Mit der Mistgabel sticht er in den Bottich und schleudert eine Ladung Dünger auf das verschneite Feld. Das Pferd bewegt sich voran und die Bewegung wiederholt sich. Er kümmert sich nicht mehr um den Soldaten. Als der den Waldrand erreicht, hat der Karren sich einmal über das Feld bewegt und kehrt nun Schritt um Schritt zur Chaussee zurück.

Rathsleben liegt ein gutes Stück höher als die Dörfer ringsum. Trotzdem bestimmt das Wasser auch hier die Landschaft. Abzugsgräben durchziehen sie. Auch die Dorfstraße ist ungepflastert. Am Dorfausgang geht sie in bloße Sandwege über, von denen einer nach Heiligenfelde führt. Noch ist der Boden fest vom Frost, aber der erste Regen wird alle Wege in Schlammpfützen verwandeln. Der Soldat erinnert sich an einen kleinen Laden, der aber geschlossen zu sein scheint. Eine Frau füttert die Hühner in ihrem Vorgarten und fragt ihn, was er sucht. Als er sagt, dass er sich ohne Frühstück auf den Weg gemacht hat, ruft sie ihren Mann, der ihn kurz mustert. Er sagt seinen Namen, da hellt dessen Gesicht sich auf. Ich bin aus Dessau, sagt er zur Erklärung, Pfarrer Holländer kenne ich noch. Der Mann arbeitet beim Forst. Mit den Hühnern geht es so gerade. Spiegeleier und Speck auf einer dicken Scheibe Schwarzbrot gibt es für den Soldaten. Butter haben sie nicht. Grüßt den Herrn Pfarrer vom Hubert mit der Schleuder, sagt der Mann, er erinnert sich bestimmt an mich. So alt kann er noch nicht sein. Sein Lächeln macht ihn um Jahrzehnte jünger. Die Arbeit hat ihn gealtert.

Der Weg durch den Wald bietet nicht viel Abwechslung. Ein preussischer Forst eben, Fichten in Reih und Glied, das Unterholz ist weggeräumt, die Leute können sich kein Brennholz leisten. Dem Soldaten ist warm nach dem Frühstück, er zieht den Mantel aus und legt ihn sich über den Arm. Hier und dort ragen Äste auf, denen er sich nicht nähert, denn dort lagert Rotwild, das nicht erschreckt werden darf. Ein Förster begegnet ihm, ein misstrauischer Blick, ein Nicken. Der Soldat dreht sich im Weitergehen nicht um. Fremde haben hier nichts zu suchen. Die abgetragene Uniform empfiehlt ihn nicht, daran ist nichts zu ändern. Zum Rand der Feldflur ist es nicht mehr weit. Er tastet seine Jacke ab und findet noch eine fast leere Packung Zigaretten. Eine Schachtel Streichhölzer steckt auch darin. Die Zigarette steckt er sich hinters Ohr, im Wald raucht er nicht, auch Kälte ist trocken. Erst in einiger Entfernung vom Waldrand bleibt er an einem Weidezaun stehen und steckt sie sich an.

Die Morgensonne im Rücken schaut der Soldat zum Dorf hinunter. Eigentlich gibt es ringsum keine bessere Aussicht. Die kleine Kirche mit ihrem kurzen, kräftigen Turm kehrt ihm ihre östliche Schmalseite zu. Das Pfarrhaus versteckt sich hinter dem großen Bau von Saal und Gasthaus. Bäume stehen an der Dorfstraße, die im rechten Winkel auf die Chaussee zuläuft. Früher ging der Weg von Seehausen über Rathsleben nach Heiligenfelde. Die Chaussee ist noch nicht alt, er meint sich daran zu erinnern, wie sie gebaut wurde. Eine Zeit der Spannung, das Dorf in verstockter Abwehr gegen die Arbeitskolonnen, die Fremden, die Enteignung des Grundes, auf dem die Chaussee geplant wurde. Gegen die Kleinbahn waren die Leute im Dorf dann erst recht, gegen das Gesindel, dachten sie, das ihre Ruhe gestört hätte. Gesindel kann sich die Bahnfahrt aber gar nicht leisten. Überhaupt kommt echtes Gesindel am ehesten dort vor, wo sich lange nichts geändert hat.

Ob er das denken kann, dort am Feldrain im März 1920? Das kann er, nach den Erfahrungen des Weltkriegs, der noch nicht der erste, sondern der schrankenlose Krieg schlechthin war. Leute, die ihren festen Platz in der Gesellschaft gegen den Soldatenrock getauscht hatten, auf die hat Gerd sich nicht verlassen können. Die sind gehorsam, ohne Abstand von ihrem Gehorsam zu halten. Das Gesindel ist anders, achtet auf Abstand vom Gehorsam und behält einen klaren Kopf. Das ist seine Erfahrung. Er denkt an den Burschen, den er vom Räuberberg her kennt. Natürlich sollte der Pfarrersohn den Abstand wahren, den der Pfarrer selbst nicht wahren muss, denn dafür sorgt der vom Räuberberg schon selbst. Wie rücksichtsvoll sie doch manchmal mit den Stützen der Gesellschaft umgehen, denkt der Soldat, ohne ihre Rücksicht hätten die Pfarrer dieser Welt es viel schwerer. Er stößt sich vom Zaungeländer ab und tritt einen Schritt zurück. Jetzt beleuchtet die Sonne das Dorf erst wirklich. Wärme liegt in der Luft und erreicht nur den Boden noch nicht, schmilzt kaum den Schnee, der fleckig den Abhang und die Dächer der Häuser und das steile Kirchendach dort unten noch bedeckt. Ihn fröstelt doch, also zieht er den Mantel wieder an.

Der Feldweg führt stracks auf ein paar Gehöfte zu, rechts und links von seiner Mündung in die Chaussee, wo er dem Weg über den Räuberberg nach Kleinau begegnet. Für die Bauern ist die Chaussee noch immer die neue Straße. Auch die andere Chaussee ist neu, die im rechten Winkel abzweigt und weder nach Kleinau noch nach Dessau, sondern zwischen beiden Dörfern hindurch nach Lohne führt. Sie lässt die Landschaft leer erscheinen, wo sie sich mit der Chaussee zwischen den beiden Dörfern kreuzt. Schon damals fängt die Landschaft längst an, ihr Gesicht zu verlieren. Leere entsteht, wo alles einmal eine Fülle hatte, eine dem Leben mühsam abgesparte Fülle, aber immerhin. Am Zaun vor einem der Gehöfte steht ein Mädchen und knickst, als der Soldat vorübergeht. Er bleibt stehen, denn sie wirkt verloren, als gehörte sie in die armselige Wintrigkeit dort nicht hin. Sie kleidet sich, als sei sie Verkäuferin in einem kleinstädtischen Kaufhaus, nicht wie ein Mädchen vom Dorf.

Ich bin zu lang weggewesen, denkt der Soldat, das wird es sein. Das ist es aber nicht, er irrt sich, wie auch nicht, noch hat er kaum jemand aus der Nähe gesehen, außer in der Nacht in Magdeburg. Mit den Frauen im Dorf vergleichen können wird er das Mädchen am Zaun eigentlich erst am Sonntag in der Kirche. Dann aber, was auch nichts ausmacht, kommt der Vergleich zu spät. Lippenstift. Auch das fällt ihm nicht auf. Aus dem Krieg in Frankreich ist er Lippenstift gewohnt. Immerhin, dass es früher sowas nicht gab, fällt ihm schon auf. Knickse gab es, aber das Mädchen scheint bloß zu knicksen, um sich ein wenig in die Brust werfen zu können. So steht sie da, hält erst einmal die Hände auf dem Rücken und dreht sich unmerklich hin und her.

Was heißt unmerklich, der Soldat merkt es wohl und merkt auch, dass der Tag sich für ihn verändert. Morgens hat er sein schwarzweißes Abzeichen an den Mantelkragen gesteckt, weil es ihm zusteht und jeder sehen soll, dass er nicht mit leeren Händen aus dem Krieg zurückkehrt. Das Mädchen schaut zu ihm auf, was ihr sonderbarerweise gelingt, obwohl sie eigentlich nicht kleiner ist als er. Ein Zeigefinger nähert sich mit zögernder Verspieltheit dem Kragen und berührt das grobe Stück Stoff, aus dem das Abzeichen besteht. Nicht einmal Email, sagt sie vorwurfsvoll, jetzt bin ich aber enttäuscht. Frech ist sie also. Vielleicht war nur Drillich noch übrig, sagt der Soldat mit unvorsichtiger Zärtlichkeit in der Stimme, wer weiß. Er fasst sie am Kinn, sie weicht mit einem Auflachen zurück und läuft zur Küchentür des Gehöfts, ohne sich noch einmal umzudrehen. Der Briefträger geht vorbei, den er kennt, seit er ein kleiner Junge war.

Der Soldat folgt ihm hinüber zum Räuberberg, dann überlegt er es anders und kehrt aber ins Dorf zurück. Am Gasthof sieht er den Wirt, der Bierfässer abladen hilft, während von drinnen nach ihm gerufen wird. Er packt mit an und kommt ins Schwitzen, da er den Mantel nicht ablegen will, um die abgetragene Uniform nicht zu zeigen. Der Kutscher zieht ein Bein etwas nach. Streifschuss, sagt er, nicht schlimm, nur schlecht verheilt. Er versucht Haltung anzunehmen, kriegt es nicht mehr hin und zuckt mit den Achseln. Meine Frau hat jetzt einen andern, sagt er, als sei das weiter nichts besonderes, das trotzdem mitgeteilt werden muss. Ein stattliches Gespann zieht den Wagen, altmärkische Kaltblüter aus Friedenszeiten, natürlich hat den Brauereien keiner die Pferde weggenommen. So weit reichte die Hand der Staatsgewalt nicht. Was die Leute eben so sagen.

Der Soldat tätschelt dem linken Pferd den Kopf, das rechte drängt seinen heran und nur die angezogene Bremse hindert den Wagen daran, weg zu rollen. Die Tiere mögen die Zuwendung, die sie selten bekommen. Den Eingang zum Kirchhof zeichnet noch kein Kriegerdenkmal aus, das kommt später und beschäftigt den Pfarrer, ehe er endlich doch aus Heiligenfelde fort in den Ruhestand gehen kann. Nicht nach Rostock, wohin er vielleicht gern gezogen wäre, sondern nach Hamburg, in die Stadt, wohin es den Sohn dann verschlägt. Hier geht uns das nichts an, erklärt auch nichts, außer dass Rostock schon in der Vergangenheit liegt, so oft auch Vater und Sohn dort noch hinkommen werden.

Nicht weit vom Eingang des Kirchhofs, halblinks vor dem Turm der Kirche liegt ein Grabhügel mit Blumenkränzen darauf, die in der Kälte noch frisch aussehen. Der Soldat zögert näherzutreten. Die Kirche und die Bäume auf dem Friedhof haben sich nicht verändert, obwohl dort das Grab ist, das alles verändern sollte. Er wendet sich um und tritt wieder nach draußen und wandert die Dorfstraße weiter hinunter, an den Vierhufenhöfen und Siedlerhäusern vorbei zur Schule. Ungeduldig dringt die Stimme des Lehrers in die Stille. Schon schlägt die Turmuhr der Kirche halb zwölf. Das Dorf rüstet sich zum Mittagessen. Ein Wehgeschrei ertönt aus der Schule, dann Stille.

Kein Wunder, dass der Pfarrer den Lehrer nicht erträgt. Karten spielt er mit dem im Gasthaus nicht. In Dessau und Kleinau haben sie mehr Glück. Immerhin haben sich zwei von drei Lehrern, mit denen er zu tun hat, als Menschen erwiesen. Das ist guter Durchschnitt.

Der Pfarrer sitzt am Schreibtisch und liest im Abu Telfan. Der Roman ist ihm zum ersten Mal in der Leihbücherei begegnet, als er noch aufs Gymnasium in Seehausen ging. Die dritte Auflage hat er sich dann selbst gekauft, als er schon Pfarrer war, 1890 als Oktavband bei Janke in Berlin erschienen. In seinem Bücherverzeichnis steht der Abu Telfan gleich nach dem *Allgemeinen historischen Handatlas mit sechsundneunzig Karten mit erläuterndem Text von Gustav Droysen* eingetragen, den er zwei Jahre lang in der Buchhandlung in Stendal immer wieder anschaut, ehe er ihn 1888 mit dem ersten Gehalt einfach kauft, das er eigentlich für die Einrichtung seines Haushalts braucht. Danach war zwei Jahre lang an weitere Bücherkäufe nicht zu denken. Bei Droysen hat er in Halle Geschichte der Gegenwart gehört. Der Atlas erlaubt ihm, aus seinem Dorf in die Welt hinaus und in andere Zeiten zu reisen. Kein Wunder, dass er jetzt den Abu Telfan liest, die Geschichte von Abenteuer, Gefangenschaft und Heimkehr, aus der er vielleicht Aufklärung über das ziehen kann, was er teilnehmend gerade selbst erlebt.

Den *Stopfkuchen* hat der Pfarrer damals auch gekauft. Jetzt verklammern sich beide Romane für ihn, die Geschichte vom Landbriefträger und die vom Landvermesser. Die Frauen darin haben ihn immer angezogen, wie eigentlich die ganze Handlung sich um sie herum entwickelt, ganz wie im wahren Leben. Der Sohn kommt nun auch vom Mondgebirge her oder von den Antipoden zurück, aus diesem Frankreich, das 1920 immer noch das ganz andere Land ist, nach dem sich nur sehnt, wer es in Deutschland nicht oder nicht mehr aushält. Nicht dass der Pfarrer glaubt, dass das unmöglich ist. Seinen Heine hat auch er gelesen, ein ganz zerschlissener Cottascher Nachdruck steht im Schlafzimmer, auf dem Nachtkästchen seiner Frau. Er hat nie gefragt, was sie eigentlich an ihm anzog, vielleicht die immer neu gelesenen Gedichte? Für ihn hatten die sich bald erschöpft, anders als die Reisebilder, die Erzählungen von Büchern, von Luther und Philosophie und Romantik. Da ist einiges, was er gerne einmal von der Kanzel predigen würde, nicht hier auf dem Dorf, sondern in der Marienkirche in Rostock zum Beispiel, vor der ungeheuren Orgel und mit einem festen Blick auf die astronomische Uhr. Das würde die Bürger jetzt mehr erschrecken als eine rote Fahne, denkt er gemütlich wie Wilhelm Raabe, der nie aus Deutschland weggegangen wäre und alle Gründe genau kannte, eben das zu tun.

In seinen drei kurzen Studienjahren in Halle hat der Pfarrer je ein Semester lang Arabisch und Türkisch belegt, dabei konnte er sich das Hörergeld eigentlich gar nicht leisten. Schon deshalb musste er den Abu Telfan haben, neben dem der Stopfkuchen als Neuerscheinung im Schaufenster liegt. Immer einen der drei Bände hat er aus der Leihbücherei mitgenommen, bis sie ganz zerlesen waren, alle drei zugleich kann er sich nicht leisten, so schnell liest er auch nicht. Ein Wunder, dass es den Abu Telfan in Seehausen überhaupt gab. In der Studienzeit kommt dann der Westöstliche Divan hinzu. Ein Semester lang hört er eine Vorlesung darüber. Das Reclamheft wandert dann zu seiner Frau, die seine Sehnsucht nach fernen Gegenden nie missverstanden hat. An seine Frau kann der Pfarrer nicht denken, ohne in Trauer zu erstarren. Trotzdem liest er noch ein paar Seiten, ohne viel von dem aufzunehmen, was er ohnehin halb auswendig kennt. Er denkt lieber an seinen Sohn, der fortgegangen und zum Glück noch nicht wieder zuhause ist. Das Wiedersehen hat ihn fast verstört, die plötzliche Forderung, sich mit der Zukunft eines Fremden auseinanderzusetzen.

Der Sohn ist ihm fremd geworden, schon als er heranwuchs, kein Kind mehr ist, älter als der Pfarrer selbst als der eigene Vater starb, als sei dessen Beistand und Vorbild für den Umgang mit dem Kind nötig gewesen. Beides fehlt ihm, als es anfängt schwierig zu werden und einen eigenen Kopf aufzusetzen, in dem der Vater sich nicht mehr auskennt. Die Mutter vermittelt und sorgt dafür, dass es bei wenigen Züchtigungen bleibt, die dem Pfarrer nicht wehtun, so sehr er sich auch einzubilden sucht, dass er selbst unter ihnen leidet, was der Sohn tatsächlich tut. Schließlich kommt er auf die Schule in Rostock, in die Obhut von Großmutter und Tante mütterlicherseits, das erleichtert beide, den Sohn und den Vater. Dessen plötzlich aufflammender Jähzorn kommt manchmal trotzdem noch vor, aber immer versucht er, den Dämon gleich abzuschütteln, der ihn ergriffen hat und erkennen lässt, wie tief unzufrieden er mit seinem Leben ist, das ihm kaum Freiheiten lässt. Ein Glück ist für ihn die Ehe. Kinder sind kein Glück, sondern eine mit der Ehe verbundene Bedingung, die ertragen werden muss.

Dem Pfarrer fällt es schwer, sich nach Jahren der Trennung die Zukunft seines Sohnes zu eigen zu machen. Der Krieg steht im Weg. Zugleich kommt es ihm schrecklich vor, dass er nicht sicher ist, ob der Sohn ihn liebt. Nein, sie haben sich innig umarmt, ganz sicher doch nicht nur aus der Not des Augenblicks. Daran will er sich nun halten. Von draußen hört er Geräusche, nicht von Tine, die in der Küche zugange ist, sondern aus dem Flur. Er sitzt einen Augenblick zögernd da, ehe er ruft, Gerd, ich sitze hier und lese, komm herein. Der Soldat ist dabei, seinen Mantel auf einen Bügel zu hängen. Er erinnert sich an die wenigen Male, als der Vater ihn in sein Arbeitszimmer gerufen hat. Dann gibt er sich einen Ruck, dreht den Türknopf und tritt in die viel kleiner gewordene Stube, wo es warm ist und ziemlich verraucht, da der Pfarrer seine Pfeife selten ausgehen lässt, wenn er am Lesen oder Schreiben ist.

In der Backröhre warten der Schweinsbraten und ein Topf mit Sauerkraut. Tine hängt ihre Schürze an den Haken neben der Küchentür und geht, ohne sich beim Pfarrer abzumelden. Das hat er ein für allemal so mit ihr abgesprochen. Er ist noch nicht daran gewöhnt, dass jemand anders als seine Frau ihn mittags bedient, also richtet er sein Essen lieber selbst. Manchmal vergisst er die Uhrzeit, aber was Tine ihm zubereitet, hält das aus. Die Uhren im Haus hat er beim Tod der Frau alle abgestellt. Jetzt erinnert ihn nur der Glockenschlag vom Kirchturm, dass Mittag ist. Im Dorf ist um diese Zeit niemand zu sehen.

Ein richtiges Gespräch zwischen Vater und Sohn will noch nicht in Gang kommen. Der Soldat scheint erleichtert, als der Pfarrer sein Buch weglegt und aus dem Sessel aufsteht. Klein ist er geworden. Was liest Du da? fragt der Sohn, dabei müsste er den Einband noch aus der Kindheit kennen. Ach, den Abu Telfan. Aber vom Mondgebirge komme ich nicht. Einen Vortrag im Saalbau halte ich auch nicht. Jetzt lächelt er verhalten, denn der Pfarrer schaut ihn ganz erstaunt an. Den

Abu Telfan hatten wir in der Lagerbibliothek, da habe ich ihn zweimal ausgeliehen. Wir hatten da viel Zeit zum Lesen, aber ich kannte ihn von früher, Du hast nur nicht gemerkt, dass ich ihn mir genommen habe. Oben auf dem Speicher habe ich darin gelesen. Mutter hat ihn zurückgebracht, als ich mich nicht zu dir getraut habe. Wie alt warst Du da? Zehn, glaube ich, deshalb hab ich auch nicht alles verstanden, aber es war so geschrieben, dass ich schon das meiste mitfühlen konnte. Ich war sogar ein bisschen verliebt.

Der Pfarrer wendet dem Sohn den Rücken zu, als er in die Backröhre greift, um den Braten herauszuholen. In wen hast Du dich denn verliebt, mit zehn? Das war doch sehr früh. Seine Stimme klingt undeutlich. Der Soldat schweigt, bis der Braten auf dem Tisch steht. Jetzt sagt er, du wirst lachen, aber vor dem Krieg lernte ich eine Frau von Glimmern kennen, das ist doch seltsam. Nikola hieß sie. Seither denke ich, dass in einem Roman die Wahrheit stehen kann, ganz unerwartet. Der Pfarrer schaut ihn an und weiß nicht, was er dazu sagen soll. Sein Sohn ähnelt mit einem Mal dem anderen, der er selbst nur beim Lesen hat sein können, so wie seine Frau als Leserin immer eine andere war, als sie im Leben hätte sein wollen. Darüber haben sie nicht gesprochen, weil sie einander nichts wegnehmen wollten, das doch jedem zusteht. Der Sohn scheint tatsächlich ein anderer gewesen zu sein. Lesen hilft, sagt er laut, wenn es besser ist zu schweigen. Der Sohn nickt. Im Lager haben fast alle gelesen.

Jetzt zerschneidet der Vater den Braten und legt zuerst dem Sohn ein knuspriges Ende vor, während der sich schon Sauerkraut auf den Teller tut. Hungrig sind sie und essen schweigend. Dass er so einfach Nicolas Namen ausgesprochen hat, wundert den Soldaten jetzt doch. So haben sie auch gestern Abend nicht miteinander gesprochen. Das muss erst einmal verkraftet werden. Das Essen hilft. Was die Erinnerung an ein Buch nicht ausmacht. Er stellt das Geschirr in die Spüle und sagt, gib ihn mir doch nochmal zum Lesen, den Abu Telfan. Den Vater freut das sehr, das sieht er schon an der Eile, mit der er das Buch holt und ihm in die Hand drücken will. Das Mondgebirge. Ich lege es hier auf den Tisch, sagt der Vater, ich kümmere mich um den Abwasch. Der Sohn ist erstaunt, aber er lässt es geschehen.

Oben ist es kalt, aber der kleine Kanonenofen verbreitet bald eine angenehme Wärme. Er legt sich angekleidet aufs Bett und liest eine Weile, um dann tief und fest einzuschlafen und erst am späten Nachmittag mit der Dämmerung zu erwachen. Er wäscht sich das Gesicht mit dem Wasser aus der Kanne und geht in die Küche hinunter, wo er alles aufgeräumt findet. Auf dem Küchentisch steht ein Korb mit buntgefärbten Eiern. Im Arbeitszimmer sitzt der Pfarrer mit Korrespondenz beschäftigt am Schreibtisch. Ein Luftzug entsteht, als der Soldat die Flurtür öffnet, auf den er nicht weiter achtet, obwohl er so etwas wie eine Bewegung hinter sich zu spüren meint. Der Vater scheint erleichtert über die Unterbrechung seiner Arbeit, schlägt die Schreibmappe zu und folgt ihm in die Küche. Der Soldat zeigt lächelnd auf den Korb mit Ostereiern, als Pfarrer hast Du es doch gut, wie man sieht. Sicher von der Pächterin, sagt der Vater kopfschüttelnd, aber die Pacht ersetzt das nicht, die sie mir schuldig bleibt, seit die Mutter sich nicht mehr darum kümmern kann. Bei ihr hat sie sich nie herausreden können. Vielleicht hofft sie, aber das sagt er nicht laut, dass er sie heiratet und ihre Tochter dabei in Kauf nimmt. Die Witwe Runge ist immer noch eine schöne Frau. Auch andere Frauen im Dorf haben solche Hoffnungen, das entgeht ihm nicht, auch der Sohn muss achtgeben, dass keine ihn einfängt, die jetzt allein oder jung ist oder keinen Mann mehr findet, der noch unverheiratet ist. Zu viele junge Männer sind gefallen. Lange wird der Sohn im Dorf nicht bleiben, dort gibt es keine Zukunft für einen, der sein Abitur hat.

Heute Abend bleibe ich hier, sagt Gerd, geh Du allein zu deinem Stammtisch. Der Vater sieht erleichtert aus. Während der Sohn den Herd anheizt und sich an der Hitze wärmt, die ihm rasch daraus entgegenschlägt, geht er noch einmal an seinen Schreibtisch, um ein paar Briefe zu frankieren und einzustecken. Die Eier im Korb sehen nur wie Ostereier aus, wie der Sohn nun feststellt, da sie ganz unterschiedlich gefärbt sind, ein oder zwei ganz grün, als hätte das Huhn nur Brennesseln oder Spinat gefressen, was im Winter doch schlecht möglich ist. Drei verschiedenfarbige nimmt er, schlägt sie auf und verrührt sie mit etwas Milch und getrockneten Kräutern und Salz, um in der gusseisernen Pfanne, die noch ganz fettig ist, ein Omelett daraus zuzubereiten. Er geht in der Küche hin und her, die vom Herd schon angenehm erwärmt wird, das Teewasser kocht, eine Kanne voll gießt er sich auf, die solange ziehen darf, bis das Omelett gar ist.

Der Pfarrer verzichtet auf den schweren Mantel, da es bis zum Gasthof nur ein paar Schritte sind. Er verlässt das Haus durch die Eingangstür, um seine Schuhe nicht im Hof zu beschmutzen. Als er an der Hofeinfahrt vorübergeht, schaut er am Haus hinauf und sieht Licht im Strebewerk des Rundbogenfensters, wo der Sohn seine Kammer hat. Er denkt sich nichts dabei und beeilt sich, mantellos wie er ist, aus dem verharschten Schnee in den Gasthof zu kommen. Am Tisch in der Ecke ist nur sein Platz noch unbesetzt, außer dem Hocker des Wirts am Gang, der hat jetzt viel zu tun. Eine kleine Gesellschaft hat den langen Tisch besetzt und an der Theke steht ein Dutzend bessere Bauern, die sich für die Schnapsbude schräg gegenüber zu schade sind.

Der Pfarrer klopft auf den Tisch und setzt sich an seinen Platz. Er sitzt immer mit dem Rücken zur Ecke des Raums, rechts vom Bürgermeister, der die Tür im Auge halten will, während der Pfarrer in den Raum hineinsieht. Dem Schmied macht es nichts aus, halb mit dem Rücken zur Tür dazusitzen. Ihm gegenüber, links vom Bürgermeister, sitzt der Landbriefträger Störzer, der hier nur der Chinese heißt, denn er ist als Zahlmeister mit dem deutschen Expeditionskorps in China gewesen, wovon er nicht sehr gern erzählt. Den Beinamen hat er mehr deshalb weg als weil er wie ein Chinese aussieht, was beim Skat durchaus vorkommen kann. Zwischen ihn und den Schmied setzt sich der Wirt, wenn er Zeit hat, um gleich wieder aufzuspringen und sich um seine Gäste zu kümmern. Auch wenn er so mit dem Rücken zur Theke dasitzt und obwohl er alles ganz langsam zu tun scheint, bleibt er doch immer in Bewegung, schaut rasch hin und her, nichts entgeht seiner Aufmerksamkeit.

Ein Skat ist im Gange, der Bürgermeister hat sein eigenes Kartenspiel dabei, das noch vom Vorjahr ist, aber als Amtsträger kann er sich den Verstoß gegen die Vorschriften leisten. Jetzt spielen sie auch nicht um Geld, sondern bloß um nicht zu zeigen, dass sie auf den Pfarrer gewartet haben und darauf brennen, Neuigkeiten zu erfahren. Die Züge jedes Einzelnen verschärfen sich beim Spiel. Der Schmied wächst wieder einmal über die sicheren Wahrheiten hinaus, die er sonst vertritt, um auf unerhörte Weise das Risiko selbst zu verkörpern. Der Bürgermeister, stets jovial und selbstsicher im Auftritt, strengt sich auch heute an, sein Selbstbild zu bewahren, aber es gelingt ihm nicht, da er es nicht versteht zu reizen und zugleich glaubt, dass er es sich schuldig ist, vor dem Schmied nicht zurückzustehen. Dem Briefträger bleibt da der Part des schlauen Ermittlers, den er vollendet spielt, wobei es ihm nicht darauf ankommt, manchmal falsch zu ermitteln und hereinzufallen. Verliert er, dann schießt ihm stets der Bürgermeister die nötigen Groschen vor, wenn er mit ihm verliert jedenfalls, denn gewinnt er gegen seine Mitspieler, dann kommt das nicht in Frage. Diesmal verliert er. Prost, sagt der Pfarrer, spielt ruhig noch weiter. Schon steht ein Schnitzel mit Bratkartoffeln und Spiegeleiern vor ihm, jemand anders wird jetzt Geduld haben müssen. Er verzehrt als einziger am Stammtisch sein Abendessen, die anderen haben längst gegessen oder tun wenigstens so wie der Briefträger, der so manches Zubrot hat, aber keines, mit dem er sich ein warmes Essen im Gasthaus leisten könnte. Also bekommt der Bürgermeister seine Revanche und gibt dem Briefträger großmütig ein Bier aus, wie gesagt, um Geld wird am Stammtisch nicht gespielt, denn das geht, wenn der Pfarrer dabei ist, nicht.

Also war es doch euer Sohn, bemerkt der Chinese wie nebenhin, den Pfarrer schaut er dabei nicht an, sondern den Schmied, das habe ich mir doch gedacht. Der Pfarrer schiebt seinen Teller weg und nimmt einen bedächtigen Zug aus seinem Glas Bier. Andere sind noch nicht zurück, sagt er, wie der Schwiegersohn von Bauer Goltz in Thielbeer. Nach dem Enkel will ich diesen Sonntag einmal sehen. Dem Kind wird es gut gehen, aber der Tochter nicht, die siecht dahin. Schade drum, sagt der Schmied, sie hat es nie leicht gehabt. Wer weiß, von wem das Kind ist, sagt der Briefträger schlau und handelt sich einen ärgerlichen Blick des Bürgermeisters ein. Der ruft dem Wirt zu, noch eine Runde, während der Schmied zum Pfarrer leise sagt, etwas Liebe zu wollen, das kann doch keine Sünde sein, finde ich. Der nickt, sie verstehen sich, der Bürgermeister hat auch verstanden, das überspielt er aber mühelos, denn offen sagen können seine Stammtischbrüder nicht, dass sein Sohn gemeint ist.

Euer Sohn bleibt also im Dorf, sagt der Bürgermeister zum Pfarrer, laut, damit alle es hören, das möchte ich wenigstens hoffen. Deutlicher kann er nicht aussprechen, was er auf jeden Fall vermeiden möchte, denn zu vieles ist im Fluss, da kann er einen Offizier und Abiturienten, einen Träger des Eisernen Kreuzes und Störer seiner Ordnung überhaupt nicht gebrauchen. Ich weiß nicht, was mein Sohn vorhat, meint der Pfarrer ganz ruhig in eine plötzliche Stille hinein, er ist sein eigener Herr und muss sein eigenes Brot verdienen. Der Schmied schüttelt den Kopf und leert sein Glas auf einen Zug. Wir sollten mit ihm über das Denkmal sprechen, doch, sagt er dann, vielleicht habt ihr die Liste jetzt aufgestellt und er kann sagen, wie er darüber denkt. Schließlich ist er jetzt militärisch gesehen der Ranghöchste hier. Die Augen des Bürgermeisters verengen sich, denn er vermutet einen Angriff auf seine Autorität, kann aber nichts sagen, so unschuldig wie der Schmied ihn jetzt anblickt. Der Pfarrer verbirgt ein Lächeln, denn genau wegen solcher Bemerkungen weiß er den Schmied zu schätzen, der nicht zur Kirche gehen will und bloß kommt, um seine Predigt zu hören, wie er nicht müde wird, ihm jeden Sonntag zu sagen. Manchmal lässt er einfach noch ein Lied singen, wenn der Schmied noch nicht da ist, immer das gleiche, damit er auch merkt, dass alle auf ihn warten. Über die Jahre haben sie sich auf immer größere Vertrautheit eingespielt.

Wir könnten einen Findling setzen, sagt der Pastor, aber auf den lassen sich so viele Namen nicht eintragen. Wir brauchen einen Sockel dafür, nickt der Schmied, auf den stellen wir den Findling. Darüber einen Adler, ruft der Bürgermeister, aber mit ausgebreiteten Schwingen, damit jeder sieht, dass unser Adler noch fliegen kann! Jeder trinkt den Schluck, den Keule auf einen Wink des Bürgermeisters eingeschenkt hat, auch der Pfarrer, der sich jetzt nicht zurückhalten darf. Einen trunkenen Pfarrer will keiner haben, aber abstinent darf er auch nicht sein, wenn er ernstgenommen werden soll. So trinkfest wie beim Studium in Halle ist er zwar längst nicht mehr, aber in Gefahr kann er hier nicht geraten. Seine Stammtischbrüder halten sich wenigstens beim Schnaps zurück. Vielleicht heiratet Ihr Sohn noch eine aus dem Dorf, sagt der Briefträger, heute morgen habe ich ihn mit der kleinen Valentine reden sehen. Sie hat ihn nicht vorbeigehen lassen, als er am Zaun vorbeikam.

Der Schmied verfinstert sich. Bring lieber deine Post und lies dabei nicht jeden Absender. Das ist besser für alle, mein Lieber, auf dein Wohl. Seit der Chinese einmal ausgeplaudert hat, dass der Schmied bei der Lotterie in Mecklenburg gespielt und einen Strafbefehl dafür erhalten hat, denn in ausländischen Lotterien darf ein preussischer Staatsbürger nicht spielen, ärgert er sich gern, wenn der Briefträger eine Bemerkung macht, die bloß als Hinweis gemeint ist, ohne Hintergedanken. Der Pfarrer kann es ihm nachfühlen, denn auch er ist mit einem Lotteriegewinn in Rostock einmal böse hereingefallen. Nicht nur wurde ihm wie dem Schmied der Gewinn beschlagnahmt, eine ziemlich hohe Geldbuße hat er auch erlegen müssen, vom Eintrag in die Personalakten ganz abgesehen. Begütigend sagt er nun, sie wird ihn gegrüßt haben, weil ihre Mutter unseren Pfarracker gepachtet hat. Dass es da Schwierigkeiten gibt, behält er für sich, der Briefträger weiß es natürlich, so wie jeder im Dorf. Die Mutter arbeitet hart, sagt der Schmied, sie könnte Hilfe brauchen, aber die Valentine verdient im Kaufhaus in Arendsee mehr, als ihre Mitarbeit einbrächte. Trotzdem reicht es den beiden nicht wirklich zum Leben. Ich wundere mich, dass sie ohne Zuschuss der Gemeinde auskommen können.

Auch wieder so eine Spitze, denkt der Pfarrer, denn auch auf dem Hof der Witwe Runge verkehrt der Sohn des Bürgermeisters, von dem jeder weiß, dass er durchaus großzügig sein kann, wenn er anders nicht zum Zuge kommt. So geht das hin und her, verliert sich in Grundstücksgeschichten und Erinnerungen an abgebrannte Scheunen und preisgekrönte Eber und Hengste, ohne allzusehr auszuufern. Dafür sorgt die Anwesenheit des Pfarrers, dem nicht zuzumuten ist, was er ohnehin weiß, aber ohne es aussprechen zu dürfen. Er seufzt innerlich auf, denn Druck will er auf seine Pächterin nicht ausüben, wenn die Pacht dann am Ende aus der Tasche des Bürgermeisters kommt, nein, das kann er noch weniger brauchen als den Mangel an Geld, den er zwar empfindlich spürt, da der Pfarracker ihm den Teil des Gehalts einbringen soll, der ihm fehlt. Für den Korb Eier will er sich bedanken, vielleicht genügt das schon. Wenigstens lässt sich der Sohn des Bürgermeisters nicht wegen der Tochter dort blicken, mit Jüngeren hat er es noch nie gehabt, das immerhin kann ihm keiner nachsagen.

Der Soldat lässt sich Zeit mit dem Essen. Für ihn ist es ein reiner Genuss, dass er dabei allein sein kann. Drei Stunden Zeit hat er sicher, bis der Vater vom Stammtisch zurückkommt, das weiß er von früher. Einmal in der Woche misst der Pfarrer dem Dorf das Fieber, hat er immer gesagt, manche Dinge erfährt er nur dort, nicht weil sie ausgesprochen werden, das wäre zu einfach. Meist sind es rhetorische Fragen, die ihn auf die Spur von Ereignissen setzen, die etwas verändern können oder auch nichts bedeuten. Alles muss daraufhin durchdacht werden, ob es einen Wandel hervorbringt, denn nichts mögen die Bauern weniger als das. Vom Wandel erwarten sie nur Nachteile. Wo Vorteile und Nachteile sich aufwiegen oder die

Vorteile überwiegen, fangen sie sofort an, ihre Kräfte zu messen. Das geht ganz von allein und bleibt dem Außenstehenden verborgen, der zuhört und sich darüber wundert, dass er alles versteht, nur nicht den Grund des Gesprächs, zu dem er nicht hinabzutauchen vermag.

Der Soldat versucht sich auszumalen, was sie über ihn jetzt reden werden. Vielleicht kann er den Schmied danach fragen. Sonnabends kann er ihn besuchen, denn dann arbeitet er nie, der halbe Ketzer. Das Geschirr mag er nicht für Tine stehen lassen, etwas Teewasser steht noch auf dem Herd, das reicht, um Teller und Besteck zu reinigen. Die Pfanne wischt er mit einem Zeitungsfetzen aus, nicht ohne einen Blick auf ihn zu werfen. Von einem Polizeipräsidenten von Jagow, Berlin, reden sie da, auch so einer, dem die Republik nicht trauen darf. Nicht dass der Soldat darüber froh wäre, dass es keinen Kaiser mehr gibt, das ist ihm einfach gleich. In den Krieg ist er doch auch gezogen, weil ihm im Kaiserreich die Atemluft auszugehen schien, genau wie vielen Älteren auch. Nicht um den Kaiser zu verteidigen, sondern aus Hoffnung auf eine andere Zukunft, wenn es sein musste, auch eine kaiserlose. Laut würde er das noch nicht sagen, aber dass es vielleicht sein Gutes hat, wenn zur Abwechslung einmal die Arbeiterschaft Staatsoberhaupt spielt, das liegt ihm schon auf der Zunge. Denn die Arbeiter haben die Last des Krieges getragen, daran zweifelt er nicht, mit den von Jagows und ihresgleichen verbindet ihn dagegen nichts. Trotzdem hat er keinen Widerwillen gegen sie, fühlt er sich Ihnen doch näher, weil sie noch immer eher den Staat verkörpern als die Republik. Wider besseres Wissen, er müsste nur an die Gardeoffiziere denken, die er im Krieg erlebt hat. Die wussten immer, dass einer wie er persönlich nicht zählt und bloß eine Ziffer in der Masse ist, Kanonenfutter, anders als sie. Verwundet, vermisst, gefallen oder kriegsgefangen, aber kein schwerwiegender Verlust, ob mit Eisernem Kreuz oder ohne, ganz gleich.

In der Küche hat er nichts mehr zu tun, also nimmt Gerd sein Licht und steigt hinauf zu seiner Kammer. Die Tür ist angelehnt. Ein Lichtschein flackert durch den Spalt und ihn durchzuckt es. Sonst kann niemand im Haus sein, vielleicht brennt schon das Dach, er stößt die Tür auf, aber da steht nur ein Leuchter mit drei Kerzen, die halb heruntergebrannt sind. Er löscht das Licht, das er in der Hand hält, öffnet die Tür zur Kammer ganz und tritt ein. Hinter der offenen Tür steht in der Dachschräge sein Bett. Auf dem Tisch liegt ein Kranz aus Schneeglöckchen. Er nimmt ihn in die Hand und schaut sich um. Der Vorhang um das Bett ist zugezogen, aber ein Paar zierliche Damenstiefeletten stehen davor. Ein Kleid liegt auf dem Schemel daneben und ein leises Kichern lässt keinen Zweifel daran, was ihn im Bett erwartet, öffnet er den Vorhang. Also legt er den Kranz erst einmal wieder hin und setzt sich mit dem Rücken zum Bett in den Lehnstuhl vor dem kleinen Tisch, auf dem der Leuchter steht. Nacheinander löscht er die drei Kerzen. Das Licht des vorösterlichen Halbmonds genügt. Regungslos wartet er ab, was geschehen soll. Die Nacht ist sternenklar.

Nikola wirft ihm einen kurzen Blick ohne Scham zu. Es wird ihm nie gelingen, sie zu berühren, sagt ihr Blick, der ihn nicht daran hindert, eine Vorfreude zu empfinden. Gerd stellt sich ihre Haut ganz weiß vor, unter einer vollständig schwarzen Kleidung, er spielt weiter und spürt, wie das Orchester den Bocksprüngen seiner Geige gutmütig folgt. Der Dirigent lächelt ihm aufmunternd zu. Nichts entgeht ihm.

Der Krieg hat keine zwei Wochen gedauert und schon sind Witwen zu sehen. Ihre schwarze Kleidung ist bescheiden, ihre Körper scheinen sich mit mehr Anmut zu bewegen als die anderer Frauen, sofern die noch einer Mode der Vorkriegszeit folgen, die schneller zu verschwinden bestimmt ist als gedacht. Nicolas schwarzer Schleier ist zu einem frechen kleinen Hut zurückgeschlagen. Der Trauerflor und die schwarzen Seidenhandschuhe, die sie trägt, um ihre kosenden Hände zu verbergen, bleichen die Haut ihres Gesichts weiter aus. Er möchte sie tanzen sehen, aber eine Witwe tanzt nicht. Ein Fuß lugt unter ihrem Kleid hervor. Bebt er im Einklang mit der Musik? Ja, er zittert unmerklich. Sie bemerkt den Blick, der ihren Fuß berührt, und versucht, das Zittern anzuhalten. Dann wirft er sich in den Schluss des Walzers und sie zittert erneuert. Ihre Hände verkrampfen sich auf einer eleganten Handtasche. Sie schüttelt den Kopf und schafft es, den Schleier auf ihr Gesicht fallen zu lassen.

Der Dirigent sagt ein paar ermunternde Worte. Gerd gelingt es, die Geige in ihren Kasten zu verstauen, ohne die junge Witwe aus den Augen zu verlieren. Sie muss jung sein, denkt er, wenig älter als er selbst. Darin irrt er sich nicht sehr. Sie bleibt sitzen, während die Musiker die Bühne verlassen und der Platz um den Pavillon sich leert. Er weiß nicht recht, was er tun soll. Nur Mut, sagt der Dirigent, der in aller Ruhe seine Noten eingesteckt hat. Gerd begegnet einer großen Leere. Der Dirigent reicht ihm mit einem Augenzwinkern die Hand. Sie sind allein dort, die Witwe und der Geiger, der er in dem Augenblick nicht mehr sein wird, wenn er das Podest verlässt.

Die Witwe und der Schüler, ihre ganze Umgebung verwandelt sich in eine abstrakte Kulisse, jeder Verzierung entkleidet im Augenblick, als er sich entscheidet, hinabzusteigen. Er vermeidet es zu ihr hinzusehen und wendet sich noch einmal zum Pavillon um. Ein Stuhl scharrt auf dem Pflaster. Kleine Schritte entfernen sich. Aus dem Augenwinkel erkennt er eine Silhouette, schwarz, schlank und aufrecht, die sich in der Mittagssonne entfernt. Er versichert sich, dass niemand sie beobachtet, dann beginnt er dem Schatten eines Verlangens zu folgen, das sich mit jedem Schritt auf die Mole zu steigert, die den Strand von der Einmündung der Warnow ins Meer trennt. Vielleicht wird sie sich dorthin wenden? Jedenfalls geht sie allmählich schneller. Ihr gerade geschnittener Rock verrät das Hin und Her ihrer Beine und verbirgt sie zugleich.

Am Ende der Mole wacht ein Leuchtturm über den Hafen. Eine Brüstung umgibt ihn. Gerd bleibt hinter dem Bauwerk und wagt nicht, es zu umrunden, aus Furcht, der Witwe gegenüberzustehen oder ganz allein dem Meer. Vielleicht hat sie schon alle Kleider ausgezogen, um sich in die Wellen zu werfen, als amphibisches Geschöpf, eine Meerjungfrau, die Matrosen verführt, seine Sirene ganz für ihn allein. Er wendet dem Leuchtturm den Rücken zu und blickt entschlossen auf den Hafen und die Dünen und die Dächer der kleinen Stadt, die sich dahinter verbergen, weit weg jetzt. Der Geigenkoffer gleitet zu Boden, er hält ihn gerade noch fest und zögert ihn zu öffnen. Nun kommt das Instrument ihm leichter vor als je, fängt es von allein an zu reden, einer Weise ohne Ursprung zu folgen, wild wie die Schreie der Möwen und die Bewegungen der Wellen, die auf den Unterbau des Leuchtturms einschlagen.

Gerd erzeugt Töne, die ihn zum Meer hinziehen, er geht um den Leuchtturm herum und sieht niemanden auf der Plattform hinter der Brüstung, aber er weiß, dass man sich darunter hinsetzen kann, er hat es mit seinen Kameraden getan und beugt sich hinüber, während die Geige in ihrer Klage fortfährt. Die Witwe kniet vor dem Meer, schwarz und bewegungslos, ganz aus der Welt gerückt. Das Meer hat er nicht wiedergesehen, seitdem er Nikola zum letzten Mal begegnet ist. Er sieht sie dort im Sand hinter den Findlingen, die das Wasser hindern, den Leuchtturm zu erobern. Der Wind kommt aus Westen, vom fernen Krieg her, der die Ostsee in seinen Schauplatz verwandelt. Die Schreie seiner Geige vermischen sich mit den Bewegungen des Meeres, der fernen Segel, mit der Sonne eines späten Augusts, die noch immer heiß ist. Er spürt, dass der Kragen seiner Weste schweißgebadet ist. Den Tönen, die er hervorbringt, fehlt ein Sinn, dem er solange nachjagt, bis sie in einem höllischen Anschwellen vergehen. Plötzlich ruft sie aufs Meer hinaus, mach weiter, mit einer Festigkeit, die daraus einen Befehl macht, den er auf der Stelle auszuführen hat. Ohne nachzudenken schließt er die Augen und taucht in eine romantische Walzermelodie ein, als begleite ihn statt des Meeres und der Sonne und der Möwen noch das Orchester. Ohne es zu sehen, merkt er, wie sie zusammenzuckt und die Stufen hinaufstürzt, die auf die Plattform führen. Mehrmals ohrfeigt sie ihn, ruft, aufhören! Aber er hört nicht auf zu spielen, ohne dass Melodie und Rhythmus des Walzers nun noch kenntlich wären. Wenn das noch ein Walzer ist, dann ein Walzer von Möwen und Wind und Sonne und Meer, die sich im

Tanz darin begegnen. Seine Tränen mischen sich hinein, die auch ihre Tränen sind, denn Nikola weint und fleht ihn an, die Augen zu öffnen und sie anzusehen, ganz in Schwarz, seit einer Woche Witwe, eine Woche Trauer und zwei Wochen Ehe machen drei Wochen der Sehnsucht, der Einsamkeit, Ungeduld und Verzweiflung.

Also öffnet Gerd die Augen und verpflichtet sich damit, sie zu lieben, sie allein vor dem schwarz gewordenen Meer, als hätte er sich ihr nicht schon ergeben, als er ihren Blick gespürt hat, die Aufmerksamkeit des einzigen richtigen Publikums, das er je in aller Freiheit gehabt hat. Dort zu spielen hat eine Hingabe in ihm ausgelöst, an die Neugier eines Gegenübers, gegen die er sich nicht wehren kann und auf die nichts ihn vorbereitet. Dem Soldaten gelingt es nicht, sich an die Worte zu erinnern, mit denen Nikola ihn auf der Mole züchtigt, in aller Ruhe, denn niemand hört sie, nur er, aber später stellt er fest, dass das keine Bedingung ist, die für sie zählt, da sie sich niemals bremst, auch wenn die Leute davon nichts merken. Sie erhebt nie ihre Stimme, spricht nicht mit den Händen, bleibt derart ruhig, dass niemand sie im Verdacht hat, aus ihrer Rolle zu fallen, der einer Witwe, einer begehrenswerten Frau, wenn erst die Trauerzeit vorbei ist, ehetauglich trotz des Kindes, das sie um jeden Preis in ihren Bauch einpflanzen will.

Jetzt schläft der Soldat nicht mehr. Er bleibt bequem im Bett liegen, die Arme unter dem Deckbett am Körper ausgestreckt, er spürt seine Hände nicht, leblos, abwesend, noch verloren in dem Traum, der sie tätig, liebkosend, schamlos sieht.

Sich im Schlaf nicht zu bewegen, hat Gerd sich erst im Lager angewöhnt. Er möchte nicht, dass die anderen etwas von seinem Gemütszustand merken. Alle überwachen einander. Manche kümmern sich anfangs nicht darum, aber man bringt ihnen bei, anständig und still zu sein. Andere haben einen unruhigen Schlaf, manchmal schreien und weinen sie, bei ihnen tut man so, als höre man nichts, denn wenn ihre Albträume auch sicher verschieden sind, haben auch die anderen welche, vielleicht weniger heftig oder weniger häufig, aber doch. Als er erwacht, taucht er noch tief in die Erinnerung an Nikola ein. Sie gibt ihm den Anstoß, nur ein paar Tage im Dorf zu bleiben, gerade lange genug, um mit seinem Vater ins Reine zu kommen und seine Gedanken etwas zu ordnen.

In Rostock wartet man auf ihn, das ist sicher, die Großmutter, Tante Else. Nikola wartet nicht auf ihn, da ist er sich genauso sicher, aber vielleicht wird er ihr noch einmal begegnen, in den Gassen der Altstadt, in der Menschenmenge, die mit der des Vorkriegs keine Ähnlichkeit mehr hat. Das hat er schon während der mehreren Reisetage durch ein Deutschland in gärender Bedrückung festgestellt. Die Frauen kleiden sich anders, er hört nicht auf, sich darüber zu wundern, die Leute sehen ärmer aus als früher, härter, unbekümmerter auch. Im Grunde erleichtert ihn, was er gesehen hat. Er ist selber arm, schlecht angezogen, mager. Ihm fehlt die Bewegung. Die Nacht in Magdeburg hat ihn mehr erschöpft, als er gewollt hätte. Aber die junge Frau hat ihm keinen Vorwurf gemacht. Mit ihm hat sie es wärmer gehabt im Bett, das war genug. Noch liegt sein Giebelzimmer im Dunkeln. Die ersten Geräusche des Dorfs dringen zu ihm. Ein Hahn erwacht und stößt einen ersten erstickten Schrei aus, wie um seine Stimme zu erproben. Die Hunde haben nachts gebellt und sich gegenseitig geweckt, einer nach dem anderen, aber um diese Zeit haben sie noch keine Lust sich zu bewegen. Räder knirschen auf dem Pflaster der Chaussee. Das Dorf ist erwacht. Draußen ist es hell geworden.

Tine klopft an die Tür. Sie bringt ihm eine große Tasse mit noch sehr heißem Milchkaffee, mit einer gut gebutterten Scheibe Roggenbrot auf einem Teller. Seine Mutter hat mir gesagt, dass sie es so gemacht hat, wenn er in den Ferien hier war, sagt sie, also habe ich ihm einen guten Kaffee gekocht. Sein Vater ist schon ausgegangen und kehrt erst abends zurück.

Der Soldat setzt sich im Bett auf. Wenn er sich noch nicht an seine Predigt gemacht hat, verlangt er morgen sicher, nicht gestört zu werden, lächelt er Tine zu, samstags wird er entmutigt sein und allen Vorwürfe machen, ich weiß. Ich sollte mich Montag wieder aufmachen, ehe er anfängt, sich mit der Karfreitagspredigt herumzuärgern. An Ostern ist gar nicht zu denken. Er bleibt nicht hier? ruft sie aus, aber er hat Recht, das ist nur vernünftig. Hier ist alles darnieder, niemand lebt mehr, die Frauen sind alt und arbeiten zu viel, so wie ich, die Jungen sind verdorben, er muss anderswo eine suchen. Sie redet wie zu sich selbst und er braucht ihr nicht zu antworten. Er nippt an seinem Kaffee. Sie lässt die Türe angelehnt.

Nikola ertrüge das Leben im Dorf nicht auch nur einen Tag. Sie kommt selbst aus einem Dorf an der Ostseeküste. Sie hat sich keine weiteren Einzelheiten entlocken lassen. Er taucht das Butterbrot in den Kaffee und saugt die Flüssigkeit heraus, ehe er einen Happen herunterschlingt. So kühlt der Kaffee ab und er trinkt ihn in kleinen Schlucken, richtigen Kaffee, unglaublich, nirgends gibt es ihn mehr, nein, das ist falsch, denn die Bauern sind schlau genug, um ihn sich verschaffen zu können. Nur sie sind reich, aber sie achten darauf, ihren Reichtum vor der Umwelt zu verbergen, ihr Gold oder ihren Kaffee, von dem sie ihrem Pfarrer oder ihrem Arzt erst in Augenblicken der Trauer oder der Erleichterung etwas abgeben. Was den Bauern fehlt, ist Lebenszeit. Krank zu werden können sie sich nicht erlauben. Sonst haben sie alles und verbrauchen es nicht. Dann werden sie krank und weigern sich, es zu glauben.

Mit einem Ohr hört der Soldat, wie der Landarzt unten anklopft und in der Küche mit Tine spricht und auch einen Schluck vom guten Kaffee trinkt, den nur der Pfarrer und er zu genießen wissen, sagt er immer, die anderen sind viel zu sparsam dazu. Mahlen nie mehr als fünf Bohnen aufs Mal, damit wenigstens nach Kaffee schmeckt, was sie so aufbrühen. Richtigen Kaffee sind sie gar nicht gewohnt. Mir ist der zu stark, sagt Tine, den kann ich gar nicht trinken. Der Soldat wäscht Gesicht und Schultern, das muss reichen. Viel Wasser ist nicht mehr im Krug. Das Mädchen hat sich rasch gewaschen, ehe es fortgeschlüpft ist. Sein Kaffeegeschirr nimmt er mit nach unten. In seiner Zivilkleidung fühlt er sich unbehaglich.

Der Arzt sitzt mit dem Rücken zu ihm da und dreht sich um, als Gerd hereinkommt. Er steht etwas behäbig auf und reicht ihm die Hand. Willkommen zuhause und herzliches Beileid, sagt er, ich habe die Mutter versorgt, so gut es ging, aber sie ist mir doch gestorben. Der Soldat ist verlegen. Er kennt den Landarzt aus Arendsee, seit er ein kleiner Junge war und Masern hatte. Damals hat er sich nicht getraut, ihn zu fragen, warum er gar keine Haare hat, auch keine Augenbrauen. Eine Krankheit vielleicht. Sein Gesicht hat etwas gemütliches und wirkt ernst, auch wenn ein Grinsen sich darauf verbreitet, wenn einer einen Witz erzählt, das macht der Blick. Der Vater ist unterwegs, höre ich, sagt der Arzt, er hat mir eine Karte geschickt, dass ich nach dem Lehrer in Kleinau sehen soll. Was deinem Vater da aufgefallen ist, habe ich bei ihm selbst schon bemerkt, ich muss ihn mir auch einmal anschauen, ehe es zu spät ist. Was hat er denn? fragt der Sohn, der auf einmal eine Enge empfindet, aus der er ins Freie hinauswill. Eine Angina pectoris, sagt der Arzt, eine Brustbeklemmung, die vom Herzen herkommt. Ich habe auch Latein gehabt, murmelt der Soldat und öffnet die Küchentür, um sich Luft zu verschaffen.

Der Morgen ist kalt, aber die kahlen Flecken im Schnee sind größer geworden. Das Wetter ändert sich, sagt der Arzt und tritt mit ihm nach draußen, heute regnet es noch nicht, aber morgen vielleicht und übermorgen ganz bestimmt. Fahrt ihr nur nach Kleinau? fragt der Soldat. Nach Kleinau, Boock, Kossebau, Gagel und durch den Wald zurück nach Arendsee, ich habe eine größere Runde als der Vater, aber er muss auch viel mehr Leute besuchen als ich. Zum Glück sind die nicht alle krank. Der Soldat zögert. Ich hätte Lust mitzukommen, wenigstens nach Kleinau. Dann komm mit. Tine wird es dem Vater ausrichten. Der Soldat holt seinen Mantel und setzt seine alte Mütze auf. Der Zweispänner des Arztes hat einen geräumigen Wagenkasten, eine Bahre lässt sich darin unterbringen, zur Not auch ein Sarg, er ist fast wie eine Postkutsche gebaut, nur weniger breit, um auf schmalen Wegen nicht steckenzubleiben. Auf dem Kutschbock verliert der Landarzt seine Behäbigkeit. Seine beiden Gäule treibt er zu einem scharfen Trab, biegt ohne zu bremsen nach rechts in die Chaussee nach Lohne und dann an der einsamen Kreuzung nach Kleinau ab, wo ein schweres Fuhrwerk bremsen muss. Der Kutscher zieht höflich den Hut, als er den Landarzt erkennt, wer weiß, warum der sich so beeilt.

Vor einem Siedlerhaus am Ortseingang steht der Einspänner des Pfarrers. Der Arzt überlässt dem Soldaten die Zügel und steigt ab, als der Pfarrer schon aus der Tür tritt. Ihr Sohn begleitet mich, sagt er, als der Vater den Sohn fragend anblickt, dann geht es um den Lehrer und ein paar andere Fälle, in denen Arzt oder Pfarrer allein nicht helfen können, nur beide zusammen. Wenn Du nach Arendsee kommst, sagt der Pfarrer, dann kauf dir einen Hut, mit der Mütze kannst Du dich nicht sehen lassen. Er drückt dem Soldaten Geld in die Hand. Wenn Du nach Hause kommst, versuche ich an meiner Predigt zu arbeiten, lass mich dann lieber ungestört, Unterbrechungen gibt es genug. Wenn Du spät kommst, sehen wir uns morgen. Vom Turm der Dorfkirche schlägt es blechern elf. Der Arzt schüttelt den Kopf, um ein Lachen zu verbergen. Predigen muss ich zum Glück nicht. Der Pfarrer sagt mit einem Stirnrunzeln, die Bauern verstehen zum Glück nicht alles, aber wenn ich es mir einfach mache, merken sie das sofort und reden hinter meinem Rücken Dinge, die sie sich sonst nicht trauen.

Eigentlich geht es doch um die Frauen, sagt der Soldat vom Kutschbock herab, wenn deine Predigt nicht gut ist, bekommen sie überhaupt keine geistige Nahrung, die brauchen sie aber, so einsam, wie sie sind. Die beiden Männer schauen ihn erstaunt an. Verlegen sagt er, das hat Mutter immer gesagt, wie um sich zu rechtfertigen. Dem Vater scheint der Gedanke trotzdem neu zu sein. Darüber habe ich nie nachgedacht, sagt er verwundert, aber natürlich hatte sie recht. Der Arzt nickt. Wir glauben, dass die Frauen im Dorf nie allein sind, aber viele sind einsam, weil sie einander nicht trauen können und keinen Raum für sich alleine haben. Wenn ich zu Geburten gerufen werde, vertrauen sie mir manchmal an, welche Not sie haben, dann solltet Ihr dabeisein. Wir wissen zu wenig von den Frauen, sagt der Pfarrer, dabei gibt es keine Christlichkeit auf den Dörfern ohne sie. Der Arzt zuckt die Achseln. Vielleicht geht es einfach nur um die Menschlichkeit, die jeder von ihnen erwartet, obwohl sie oft über ihre Kräfte geht. Manche sind wirklich dazu veranlagt, manche sind Feindinnen ihrer Kinder, weil die an ihren Kräften zehren, manche verdummen, weil nichts leichter ist, als von einer Schwangerschaft zur nächsten dümmer zu werden.

Von Amts wegen müsste der Pfarrer solchen Ansichten entgegentreten, denn der Kirche erscheinen sie gefährlich, aber er schätzt den Arzt seit langem und verabschiedet sich bloß mit einem besonders herzlichen Händedruck. Einen besorgten Blick wirft er noch auf den Sohn, der das unbehaglich bemerkt, vielleicht hat der Pfarrer beim Heimkommen doch etwas von dem bemerkt, was oben in der Kammer vorging. Das Mädchen ist lautlos verschwunden, die Türen des Pfarrhauses sind unverschlossen, vielleicht ist es nur eine allgemeine Sorge, die sich da ausdrückt, trotzdem hat der Sohn ein schlechtes Gewissen, das sich erst im Lauf des Tages beruhigt. Wegen des Vaters, nicht wegen des Mädchens, das ihn selbst hat haben wollen. Er hat nachgegeben, nicht sie.

Am Schulhaus lässt der Arzt den Soldaten absteigen, er soll seinen Besuch vorbereiten, der Lehrer wird sich über seine Heimkehr freuen. Bei der Ausgrabung des Gräberfelds im Wald war Gerd als Junge dabei, darüber werden sie reden und den Boden für das Gespräch schon einmal lockern, das der Arzt mit dem Alten zu führen hat. Er muss noch nach einer Patientin sehen, deren Schwangerschaft sich dem Ende nähert. Die Hebamme macht sich Sorgen. Selten genug kommt das vor. Im allgemeinen rufen ihn die Frauen erst, wenn die Geburt nicht glücklich verläuft. Hier zeichnet sich schon ab, dass die Hebamme nicht allein zurechtkommen wird. Gut, dass sie es selbst einsieht, hat er sich gesagt und ihr versprochen, bald nach der Schwangeren zu sehen.

Der Soldat tritt ins Haus, ohne anzuschellen. Er weiß, dass der Lehrer oben wohnt, dort klopft er einmal leise an und öffnet die Tür, als jemand schwach herein ruft. Im Zimmer ist es kalt. Der alte Mann sitzt mehr, als dass er liegt, unter einem mächtigen Federbett im Bett, eine rote Zipfelmütze auf dem Kopf, ganz bleich kommt sein Gesicht dem Soldaten vor, offenbar ist er sehr schwach. Undeutlich blickt er ihn an, dann klärt sich sein Blick und er richtet sich auf. Gerd! will er ausrufen, aber es kommt nur ein Flüstern heraus, das in ein Husten übergeht. Soll ich anheizen? Der Soldat sieht, dass am Ofen kaum noch Holzscheite liegen. Unten liegt genug, bringt der Alte heraus, es war bloß noch niemand da. Brennholz holen, den Ofen anheizen, Wasser aufsetzen. Das beschäftigt ihn eine Weile, während der Alte sich wieder zurücklehnt und die Augen schließt.

Langsam wird es warm im Raum. Gerd setzt sich an den Rand des Bettes und nimmt die Hand, die auf der Decke liegt. Er fühlt, wie langsam der Puls geworden ist. Längst hat auch er keine Scheu mehr vor dem Tod, vor der Todin, wie die Franzosen sagen. In dem kleinen Spiegel, der am Fensterkreuz hängt, wie im Zimmer eines anderen Sammlers weit weg in der Berggasse in Wien, sieht er ihren Umriss und merkt dann, dass sich ein Gerippe darin spiegelt, das einer Katze auf dem Bord gegenüber. Die Hand des Alten schließt sich um seine. Ich bin so müde, aber schön dass Du mich nochmal besuchst, sagt er, jetzt möchte ich schlafen. So schlecht hat der Pfarrer seinen Freund nicht vorgefunden, denkt der Soldat, deshalb hat er heute nicht nach ihm geschaut. Er bleibt sitzen und hält seine Hand fest und horcht auf die langsamen Atemzüge, die in ein leises Schnarchen übergehen. An ein Gespräch ist nicht mehr zu denken. Der Arzt braucht länger, als er vorhatte. In der Stille scheint es dem Heimgekehrten, als sei die Welt zum Stillstand gekommen, angehalten wie eine Pendeluhr, im Augenblick, in dem der Tod durchs Haus geht. Schließlich hört er Schritte auf der Treppe. Er spürt keinen Puls mehr und fasst die Hand fester, die ihm kälter geworden scheint.

Der Arzt tritt ein, schaut einmal hin und schüttelt den Kopf. Der Spiegel, den er vom Fensterkreuz nimmt und vor den offenen Mund des alten Lehrers hält, beschlägt nicht. Er zieht das Deckbett zurück und hört seine Brust ab. Dann schließt er die Augen, die wie verwundert noch einmal aufgegangen sind. Da liegt ein guter Mensch, sagt er, einer von den besten. Du weißt doch, dass er katholisch war? In der Nachbarschaft wohnt ein älteres Ehepaar aus Schlesien, die wissen, was jetzt zu tun ist. Wenn Du Bescheid geben könntest? Ich stelle den Totenschein aus, den wir gleich auf der Gemeinde abgeben. So sachlich vergeht der Tod im zivilen Leben, denkt der Soldat, so friedlich und schmerzlos. Er fühlt sich in diesem Frieden fremd. Wie soll er das dem Vater erklären? Dass der nicht traurig sein soll, braucht er ihm nicht zu sagen, dass es das beste war. Alles Klischees. Weder das beste noch das schlimmste, einfach ein Ereignis, das mitten ins Leben der anderen einbricht und im eigenen in Wirklichkeit schon nicht mehr vorkommt, wenn es soweit ist. Fast wütend sagt er sich das. Als er der Nachbarin den Auftrag des Arztes ausrichtet, bekreuzigt sie sich und ruft nach ihrem Mann, der draußen Holz hackt, sagt sie, für den armen Toten.

Der Soldat bleibt unten bei den Pferden und geht nicht mehr hinauf. So findet der Arzt ihn, klopft ihm kurz auf die Schulter und schwingt sich auf den Kutschbock. Der Soldat springt auf das Trittbrett, nur ein paar hundert Schritte, wieder im Trab, am Gemeindehaus springt er ab, um den Totenschein abzugeben, dann sitzt er vorne auf, der Arzt treibt die Pferde an, einen Augenblick verfallen sie ins Galoppieren, so dass er vor der scharfen Rechtskurve nach Boock hart bremsen muss, um sie für seine Verhältnisse langsam zu nehmen, in Boock halten wir bei Siedentopf, sagt er, der kleine Fritz hatte die Masern, da will ich nur sehen, ob er aus dem Schlimmsten heraus ist. Das ist ein Hof, wie er sein sollte, auch wenn der Alte es nicht leicht gehabt hat allein, während des Krieges. Zum Glück war der Sohn nicht in Gefangenschaft, er ist älter als Du, den wirst Du nicht kennen.

Boock.

Gerd erinnert sich nicht, jemals dortgewesen zu sein. Der Gasthof ist geschlossen, sagt der Arzt, wir fahren dann nach Kossebau, dort können wir zu Mittag essen, auch wenn es dann eigentlich schon zu spät dafür ist, denn der Wirt braucht mich. Der Soldat schweigt. Noch hat er sich an die rasche Fahrt nicht gewöhnt. Schaum fliegt den beiden Braunen aus den Mäulern. So schnell bewegt die Feldartillerie sich nicht. Nur beim Rückzug galoppierten sie manchmal mit der Geschützlafette ein Stück weit aus dem Beschussbereich hinaus, während die Mannschaft zu Fuß hinterhereilte. Schon wieder ist er im Gefecht, als sei das ein Ort, wohin er sich aus dem unmöglichen Frieden zurückziehen kann, den er nun wieder miterlebt.

Ich will auch Arzt werden, sagt der kleine Siedentopf ganz ernst, wenn Großvater richtig alt ist, will ich ihm helfen, dass er immer weiterlebt. Ausschlag hat er keinen mehr, Fieber auch nicht. Auf dem Boden im Krankenzimmer liegen lauter Bücher. Wer soll denn dann den Hof übernehmen? fragt der Arzt ganz beiläufig. Mein Vetter, sagt der Kleine unbekümmert, aus dem wird sonst nichts rechtes, sagt Großvater. Er will Soldat werden und in den Krieg ziehen und totschlagen, wer den Onkel totgeschossen hat. Das ist nicht so einfach, sagt der Soldat, niemand sieht im Krieg, wen er erschießt, am wenigsten wir bei der Artillerie. Alle haben wir getötet, aber wen, das wissen wir nur ausnahmsweise. Nur wenn einer den Onkel mit dem Bajonett getötet hat, kann er ihn gesehen haben, das ist möglich. Wenn dein Vetter Bauer wird, braucht er sich natürlich keine Gedanken über sowas mehr zu machen.

Mit großen Augen schaut der Junge ihn an. Darf ich endlich aufstehen? fragt er den Arzt und zerrt an seiner festgestopften Überdecke. Er darf. Der Arzt sagt es der Mutter, als sie wieder hereinkommt. Der Junge springt aus dem Bett und schaut vom Arzt zum Soldaten. Dann streckt er ihnen die Hand hin und verabschiedet sich mit ernstem Gesichtsausdruck. Der Arzt streicht ihm über die Haare und lässt den Großvater grüßen, der sie vorhin eingelassen hat, ein schon fast durchsichtig gewordener, sehr alter Herr, der sich noch vollständig geradehält. Der Junge ahmt den Großvater nach, sagt der Soldat vor der Tür, vielleicht hält der den Alten auch aufrecht. Möglich, sagt der Arzt, der diesmal dem Soldaten die Zügel überlässt und mit einer langsameren Fahrweise jetzt einverstanden ist, weil er etwas in sein Arztbuch eintragen will. Den Jungen hast Du vielleicht etwas überfordert, auch wenn er Arzt werden will, sagt er, der Krieg geht dir nicht aus dem Kopf. Du denkst ständig daran. Die Straße durchkurvt eine weite, leicht gewellte, zum Teil noch schneebedeckte Ackerlandschaft und entfernt, weil sie nicht geradeausgeht, die beiden Dörfer Boock und Kossebau weiter voneinander, als das in Wirklichkeit der Fall ist.

In dieser Landschaft fühlt der Soldat sich zuhause. Im Berry hat er sie wiedergefunden, wo es aussieht, wie auf der altmärkischen Höhe, selbst der Himmel sah ganz ähnlich aus. Bei diesem Gedanken lächelt er. Aber die Ähnlichkeit der Wolkenbildung und des Regens und der Nebeltage mit allem, was er von Kind auf kennt, hat ihn seltsam berührt. Das Lager hätte in der Altmark liegen können, dann wäre er dort im Gefängnis gewesen und die Leute hätten sich von ihm abgewandt und ihn vergessen. Von der Freiheit, die er als Offizier im Krieg doch manchmal spürt, bleibt im Lager nichts übrig. Dort muss er sich immer wieder vorsagen, dass er in der Fremde ist, dass die Bewacher fremd sind und niemand zuhause denkt, dass er im Gefängnis ist, auch wenn das Lager sich genauso anfühlt. Jetzt muss er doch einmal mit der Peitsche nachhelfen, denn die Pferde gehen nur noch im Schritt. Schon sind sie am Dorfrand.

Der Arzt bedeutet ihm zu halten. Er hat nur etwas abzugeben, Hustensaft für einen Gelähmten, der dort in einem kleinen Häuschen wohnt. Der Soldat springt ab und nimmt die Flasche, eine ziemlich große aus Braunglas, die fast so aussieht, als sei in Wirklichkeit Kognak darin. Er klopft an das einzige Fenster neben der Tür, hinter dem er ein bleiches Gesicht erkennt. Der Mann ist völlig kahl und auf stiernackige Art freundlich. Er bedankt sich sehr und scheint zum Gespräch aufgelegt. Der Soldat entschuldigt sich. Sie müssen weiter, auch wenn es nur bis zum Gasthof ist. Zum deutschen Kaltblut. Das ist noch ein Name, wie er sich gehört. Sagen Sie, fragt Gerd vorsichtig, der Patient sah Ihnen aber sehr ähnlich. Der Arzt verzieht sein Gesicht zu einem breiten Grinsen. Das finde ich auch. Wir sind nicht verwandt, aber ähnlich sehen wir uns so, dass wir es sein könnten. Gerd lacht. So lustig ist das auch wieder nicht, sagt der Arzt, ohne sein Grinsen zu lassen, was meinst Du, wie mich die Kommilitonen damals an der Charité genannt haben? Der Soldat traut sich nicht zu sagen, dass er es weiß. Locke haben sie mich genannt. Dabei ist es geblieben. Rat mal, wie sie meinen Doppelgänger nennen. Auch Locke? Nein, Struwwelpit, aber das ist weniger nett, finde ich. Am Gasthof steigen sie ab. Ein Knecht kommt heraus, um auszuspannen und die Pferde zu tränken und zu füttern.

Erst einmal essen wir in Ruhe und Du erzählst mir vom Krieg, befiehlt der Arzt, aber keinen Unsinn. Das, worauf es ankommt.

Der Soldat nimmt etwas verunsichert die Arzttasche und trägt sie dem Arzt hinterher, den der Wirt gleich ins Gespräch zu ziehen versucht, aber darauf lässt er sich nicht ein. Erst essen wir. Wenn es sein muss, auch deutsches Kaltblut, wenn nichts anderes da ist. Wir haben noch schöne große Kalbsrouladen, heißt es, dazu Kartoffelpüree und eine weiße Soße, alles ist warmgestellt und steht im Nu auf dem Tisch, sie lassen es sich schmecken. Da der Arzt offensichtlich mit dem Soldaten allein bleiben will, zieht der Wirt sich vorläufig zurück. Der Krieg also, sagt der Arzt und schiebt sich einen Löffel Püree in den Mund, ich frage mich, welche Diagnose sie dir gestellt haben. Im Lager hat mich niemand weiter untersucht, dort war ich nie krank, sagt der Soldat und zerlegt eine Kalbsroulade der Länge nach, als komme es dabei auf äußerste Genauigkeit an. Du bist doch verwundet worden? fragt der Arzt und schaut ihn mit ruhigen Augen an. Nur an der linken Hand, der Mittelfinger. Geige spielen kannst Du also nicht mehr. Nein. Was noch? Der Soldat hat den Mund voll. Das haben andere auch erlebt. Verschüttet gewesen? Ja. Das habe ich mir gedacht.

Der Soldat blickt auf. Wann? Vorhin, als Du es in der Küche nicht mehr ausgehalten hast. Das schafft eine Beklemmung, die dein Vater gut kennt, aber aus anderen Gründen. Klaustrophobie. Beklemmung in geschlossenen Räumen, wenn Du meinst, sie nicht ohne weiteres verlassen zu können. Angst vor dem Eingeschlossensein. Gerd nickt. Ein Feldarzt hat mir in der Etappe gesagt, dass ich deshalb nicht werde studieren können, Chemie nicht und sonst auch nichts. Sonst nichts? fragt der Arzt, das Töten hat dir nichts ausgemacht? Der Soldat schüttelt den Kopf. Was soll das heißen? Doch, hat es.

Können wir das Fenster öffnen? Der Arzt steht auf und lässt Luft ins Gastzimmer, das wirklich sehr verraucht ist, aber deshalb ist der Sohn des Pfarrers nicht erbleicht. Frische Luft, sagt der Arzt, mehr kann ich dir nicht verschreiben. Hier auf dem Land wissen wir nicht, was sich sonst tun lässt. Du wirst damit leben müssen.

Leben oder sterben, sagt der Soldat mit gedrückter Stimme, darauf kommt es nicht mehr an. Nicht so, sagt der Arzt streng, so nicht. Nimm dich zusammen. Gärtner könntest Du werden, dann hättest Du frische Luft genug. Ein Lächeln breitet sich über sein Gesicht. Pflanzen. Das ist genau das richtige. Homöopathisch. Weil Du es an einer Stelle nicht aushältst, befasst Du dich mit Pflanzen, die allein den Ort nicht wechseln können. Der Soldat hat wieder Lust am Essen, als er hört, wie der Arzt so einfach über seine Zukunft verfügt. Einen bösen Onkel habe ich, sagt er, der ist Gärtner in Halstenbeck bei Hamburg, bei dem könnte ich lernen und schauen, ob die Stadt heilsam ist. Das tu, sagt der Arzt, jetzt muss ich mit dem Wirt reden. Aber erst kommt noch ein echter Vanillepudding mit Schokoladensoße als Nachtisch, wie vor dem Krieg. Der Wirt ist geschmeichelt, als der Arzt das sagt. Dann gehen sie nach oben.

Der Soldat bleibt in der Gaststube sitzen und lässt sich einen Schluck Klaren bringen, um den Kaffee anzureichern, der hier sehr nach Zichorien schmeckt. Die Fragen des Arztes hat er nicht gern beantwortet, aber er wird sich darauf einstellen müssen, dass auch andere sie stellen werden. Die Einstellung der Leute ist ganz nüchtern geworden, nichts mehr von Heldentum, sie wollen wissen, ob die gewesenen Krieger belastbar genug sind, um den Frieden auszuhalten. Am Ende ist Halstenbeck wirklich das kleinste, nämlich ein wohlbekanntes Übel. In Rostock will er mit Tante Else darüber sprechen. Der Alkohol schmeckt gut, selbst im Ersatzkaffee. Ein

Glück, dass es Tabak und Alkohol gibt, das erleichtert viel. Er weiß, dass das nur für schwere Fälle gilt, denen sonst nicht zu helfen ist. Ihm reicht das Verschüttungstrauma, um sich bis ans Lebensende keinen Kopf darüber zu machen. Der Tod des Lehrers hat ihm gerade noch gefehlt. Das muss er erst verwinden. Er weiß jetzt schon, dass der Abend spät werden wird. Vielleicht übernachtet er in Arendsee.

Mit ernstem Gesicht kommt der Arzt wieder herunter. Ohne noch zu reden brechen sie auf. Der Wirt bleibt oben. Der Arzt lässt die Pferde erst eine Weile im Schritt gehen. Diese Kastanienallee liebe ich sehr, auch die Art, wie die Kirche, weil sie genau geostet ist, schräg im Kirchhof steht. Das ist ein schönes Symbol für die Aufgabe, die eine Kirche hat. Sie soll sich nicht anpassen. Dein Vater passt sich an sein Dorf nicht an, deshalb ist er ein guter Pfarrer, das kannst Du mir glauben. An der Einmündung in die Chaussee fragt er, möchtest Du von hier zu Fuß nach Hause gehen oder mitkommen? Von Arendsee ist der Weg nicht viel weiter. Der Soldat kommt mit, einen Hut soll er schließlich kaufen, das muss er schon in der Kurstadt erledigen. Dann denkt er an den Besuch am Abend und weiß, dass er auch im Kaufhaus vorbeischauen wird, wo das Mädchen arbeitet. Dem Vater wäre das nicht recht, aber ehe er sich in Erinnerungen verliert, die ihm nichts einbringen, braucht er Ablenkung. Also auf ins Kaufhaus. Etwas wird er dort schon finden, das er kaufen kann. Für sie natürlich. Ein Dankeschön.

Gagel.

Die hässlichste Kirche weit und breit. Eigentlich ein reiches Dorf, aber verschlossen. Die Dorfstraße verengt sich trichterförmig auf den Rathslebener Wald zu. In einer Seitengasse eine Kate, wo der Arzt schon erwartet wird. Verwandtschaft seiner Praxishilfe, sagt er erklärend. Ein Rudel Kinder balgt im

Schlamm. Die Frau ist zuhause und sieht vollkommen überfordert aus. Ein Kleinkind liegt keuchend in der Krippe. Eines mehr oder weniger, denkt der Soldat, aber vielleicht ist es das, aus dem trotzdem noch etwas werden kann. Der Arzt schaut sich jedes der Kinder an. Für das Kleinkind lässt er einen Hustensaft da. Den werden die anderen Kinder wegtrinken, sagt er draußen, aber erstens schadet ihnen das nichts und zweitens wäre es unmenschlich, nichts zu verschreiben. Vielleicht überlebt die Kleine. Um sicher sein zu können, müsste sich hier alles ändern. Die Mutter hat ihm kaum gedankt.

Im Wald geht es schnell voran, die Forstwege sind gut unterhalten, noch weicht der Boden nicht auf. Sandboden. Pilze gibt es hier im Herbst, sagt der Arzt, ich mache gern den Umweg. Wo er sie findet, verschweigt er. Niemand sagt, wo er seine Pilze findet, das wäre fahrlässig. Immer, wenn ich hier durchfahre, gruselt es mich, sagt der Landarzt, zu viele habe ich hier gefunden, die nicht weiterleben wollten. Bis Arendsee sagt er weiter nichts mehr. Der Soldat genießt die Fahrt. Einen Kaffee kann ich dir noch anbieten, aber sicher sitzen Patienten im Wartezimmer, sagt der Landarzt, die sich Wunder von mir erwarten. Gerd schüttelt den Kopf. Vor dem Rathaus steigt er ab. Locke winkt ihm noch einmal zu, ehe er rasch davonfährt.

Langsam schlendert der Soldat am Schaufenster des Kaufhauses vorbei. Dort sieht er ein paar Hüte, aber der Pfarrer hat ihn an den alten Hutmacher empfohlen, bei dem er schon seinen Hochzeitshut erworben hat. Den hat die Mutter schon lange ausrangiert, aber weggeworfen hat sie ihn nicht, und arbeitet er im Garten, dann setzt er ihn immer noch auf.

Das Ladenlokal ist winzig. Im schmalen Fensterregal liegen ein paar feine Damenhüte, jeder anders, das muss so sein. Einen zweiten von der gleichen Sorte darf der Hutmacher niemals verkaufen. Die Herrenhüte kommen aus der Fabrik in Bad Homburg, sie sind, bis auf die Größe, alle gleich. Das Hutgeschäft grenzt an ein Gasthaus, wo die Bauern sich treffen, wenn Markttag ist, das sichert einen gewissen Absatz. Ins Kaufhaus gehen die Bauern auch, aber ihren Hut wollen sie beim Hutmacher kaufen, der ihn genau anzupassen weiß und Hutriemen anbringt, die richtig sitzen. Ein Homburg, sagt der Soldat, dabei habe ich nie einen Hut getragen, nur Mützen. Na gut. Der erste, den er anprobiert, sitzt wie angegossen.

Du wirst sehen, hat der Pfarrer gesagt, ein Hut schützt eher vor Regen als ein Schirm. Außerdem spielen die Regentropfen auf der Krempe eine Melodie, auf die Du dich bald freuen wirst. Wer keinen Hut trägt, weiß das nicht. Wart ab, bis es in Strömen regnet, dann liebst Du deinen Hut auch so wie ich meinen. Der neue Hut hat eine etwas andere Krempe als der nicht mehr neue des Vaters. Der stammt noch von der Jahrhundertwende und ist vom Gebrauch zerbeult. Solange es geht, wird der Vater ihn tragen, so wie der Sohn den seinen noch im nächsten Krieg manchmal zur Arbeit anzieht. Er steht vor dem Spiegel und behandelt den Hut ganz scheu, als dürfte keine Delle an ihm zurückbleiben. Der Hutmacher zeigt ihm, dass er ruhig beherzt zugreifen und ins runde Gewölbe hineinfassen darf. So sieht der Homburg schon sportlicher aus. Er schaut noch einmal in den Spiegel. Der bin ich jetzt also, denkt er, ein Bürger wie jeder andere auch. Mit einem Landstreicher verwechseln sie mich jetzt nicht mehr.

Ihr seid der Sohn des Pfarrers von Heiligenfelde? fragt der Hutmacher, dann besucht Ihr vielleicht heute noch den Propheten unten am See? Warum nicht, sagt der Soldat, da drückt ihm der Hutmacher ein Buch in die Hand, das muss er ihm noch zurückgeben, aber er hat zu viel zu tun, wenn er ihm den Gefallen tun könnte. Ein Buch von Rudolf Steiner, das sagt dem Soldaten nichts, Theosophie auch nicht, er wundert sich nur, dass es nicht Theologie heißt.

Der Hutmacher gehört zu den Sieben-Tages-Adventisten, viele gibt es in der Gegend nicht, aber es sind ernsthafte Leute, mit denen der Vater, scheint es, sich nicht ungern unterhält. Mit der Unbedingtheit ihres Glaubens wird er nicht viel anfangen können, aber wenn sie dadurch anständiger werden als der Rest der Menschheit, denkt der Soldat, dann kann ihn das schon überzeugen. Er hört, dass der Hutmacher nicht mehr in die Kirche geht, seit er begriffen hat, dass die meisten dort ihren Glauben nur vorspiegeln, mit dem es ihm aber ernst ist. In diesem Sinne unterhalten sich die beiden noch eine Weile. Der Soldat sagt nicht, wie fern er der Kirche jetzt steht, denn mit der Religion hat er es wirklich nicht mehr. Im Krieg hat sie ihm nicht geholfen, anders als dem Freund, den er im Lager immerhin gefunden hat, auch er ein Pfarrersohn, aber Maler geworden, wie der Großvater vor ihm, der eigentlich zum Pfarrer bestimmt war. Schubert heißt er. Draußen vor dem Laden bleibt der Soldat unschlüssig stehen. Das Buch hat er eingesteckt, aber zum See hinunterzugehen hat er nun doch keine Lust.

So findet ihn der Kamerad vom Räuberberg. Mit einem freundlichen Lachen schlägt er ihm auf die Schulter. Kongo, sagt der Soldat, Du hast mir grade noch gefehlt. Ich bin mit dem Auto da, sagt der und stößt ihn in die Seite, als ein Mädchen sich an ihnen vorbeizwängt, was machst Du überhaupt hier? Ich habe einen Hut gekauft, sagt der Soldat und beschaut sich in einem Schaufenster des Kaufhauses. Na großartig. Ein kleines graues Auto steht vor dem Eingang, feldgrau mit neuem, knallgelbem Verdeck. Mein Wanderer, sagt Kongo, günstig aus Armeebeständen gekauft. W3. Schweinehälften, fügt er erklärend dazu, dafür gibt es alles. Drei Plätze hat er.

Flink und genügsam. So wie eine Frau, wenn sie gut ist. Er lacht und der Soldat lacht mit. Lustig ist das nicht wirklich, aber der Soldat lässt es sich gefallen, weil der Spruch etwas wegätzt, das er jetzt nicht brauchen kann. Durch das Fenster ist das Innere des Ladens nicht zu erkennen. Lass uns hineingehen, sagt Sven, ich habe da eben noch zu tun. Wir finden bestimmt etwas, das zu deinem Auto passt, sagt der Soldat. Kongo fasst seinen Arm und lacht, ganz bestimmt. Kaum sieht ihn der Eigentümer des Ladens, da zieht er ihn schon nach hinten in sein Büro.

Gerd wandert am Ladentisch entlang und schaut, ob sonst noch jemand im Laden ist. Als er an eine Leiter stößt, ertönt ein Aufschrei, der ihn nach oben blicken lässt. Da sieht er wieder das Gesicht, das er erst zweimal gesehen hat, im Mondlicht war es verführerisch, hier ist die Beleuchtung unfreundlicher, auch sind ihre Haare streng zurückgebunden. Trotzdem fällt es ihm ein, sich in dieses Gesicht zu verlieben, das ihm eigentlich nichts weiter sagen sollte. Valentine, sagt er, wieder ein kleiner Schrei, diesmal aber, weil sie flink von der Leiter gehüpft ist und er versucht hat, sie zu küssen. Nicht hier, sagt sie, mit einem ängstliche Blick zur Bürotür, wollen Sie mich samstagmittags abholen? Dann habe ich frei und muss nicht gleich nach Hause. Die Tür zum Büro öffnet sich, Kongo kommt rückwärts heraus, ohne die beiden zu bemerken, der Kaufmann folgt ihm zum Auto, sie bringen einen Warenkarton herein und stellen ihn auf den Ladentisch, wo der Kaufmann ihn gleich öffnet, um Parfumflakons und andere Kosmetika herauszunehmen und auf dem Tisch aufzureihen.

Valentinchen! ruft Kongo, bekomme ich einen Kuss? Gerd schaut er dabei sachlich an. Sie schmiegt sich an ihn und küsst ihn auf die Wange, nicht ohne Gerd verrucht anzulächeln, verrucht oder was sie dafür hält, verführerisch wäre schöner, aber verrucht muss genügen. Gewandt schlüpft sie hinter den Ladentisch, um ihrem Chef zu helfen, was Sven veranlasst, Gerd gemütlich in die Seite zu stoßen. Da der Kaufmann ihr gerade den Rücken zudreht, wagt sie es, beiden die Zunge herauszustrecken. Ganz Verkäuferin, empfiehlt sie Gerd für Svens Auto eine Ansteckvase aus Bakelit mitsamt künstlicher Orchidee. Der Soldat fragt seinen Kameraden, ob er das schwarzweiße Ding kaufen soll, der zückt schon die Brieftasche, aber Gerd legt die Groschen hin, die es kostet, hier, jetzt sind wir quitt. Wofür? Na das Brot. Einverstanden.

Als sei es ganz natürlich, setzt der Soldat sich mit in den Wanderer, die Vase wird umständlich befestigt, dann geht es erst einmal nach Kläden, zu Hoffmann, da muss der Kamerad noch etwas hinbringen. Vielleicht bekommen sie dort eine große Schüssel Hochzeitssuppe, um sich aufzuwärmen, das wäre doch etwas, aber lange müssen wir dort nicht bleiben. Ein Schluck am Tresen, die Wiederkunft des Soldaten findet gebührende Würdigung, also noch ein Schluck, dann die Suppe und schon ist es später Nachmittag und das Puppchen tuckert auf Feldwegen nach Thielbeer, wo es schon dämmert und nur ein kurzes Gespräch und noch ein Schluck am Wegrand die Fahrt aufhält. In Heiligenfelde fahren sie die Dorfstraße hinauf und biegen nach rechts zur Schnapsbude ab. Der Kamerad lädt den Soldaten auf einen weiteren Schluck ein, was dem schon nicht mehr missbehagt, so wenig wie der dunkle Schankraum, in dem die Trinker eng beieinanderstehen. Dann geht es Schluck um Schluck, eine Zeitlang steht auch der Bürgermeister mit am Tresen, später gesellt sich der Feldhüter dazu, dem Gerd irgendwann ein Glas Bier ins Gesicht schüttet, statt es zu trinken, was weiser gewesen wäre.

Wie spät es ist, weiß keiner von denen, die bis zuletzt durchhalten. Kongo hat sich längst in seinen Wanderer gewälzt, um ihn wegzufahren, aber diesmal hat er sich selbst mattgesetzt, er schläft tief und fest, als Gerd sich daran entlangtastet und dann versucht, ohne Stütze auf zwei Beinen über die Straße zu gelangen. Ein Pfahl dient eine Weile als weiterer Halt, der Mond scheint hell, vorösterlich, dann hat ihn die Kälte soweit ernüchtert, dass er mühsam weitergeht, aufrecht immerhin, wieviele Schluck waren es? So viele dann auch nicht, aber solche Anstrengungen ist der Pfarrersohn nicht mehr gewöhnt, nach der Zeit im Lager. Er schafft es jedenfalls zum Pfarrhaus und die Treppe hinauf in den Schlafanzug, was am kompliziertesten ist, denn erst muss er seine Kleider loswerden. Dann legt er sich ins Bett und hört noch immer das Stimmengewirr und die überlaute Grammophonmusik, von der er nicht gedacht hätte, dass sie auf dem Dorf schon zu hören ist. Doch, hat Sven gesagt, dafür habe ich gleich gesorgt, als Frieden war und die Geschäfte anliefen. Schon ein feiner Kerl, der Kongo.

Haben sie sich für Montag verabredet? Doch. Montag nach dem Frühstück holt der Kamerad den Sohn des Pfarrers ab, um ihn nach Wittenberge mitzunehmen. Dort will er ihn in die Mitropa einladen, sofern das Bahnhofsrestaurant damals schon so hieß, um ihn mit zwei oder drei Kumpeln bekanntzumachen. Auch das wird ohne ein paar Schluck nicht abgehen. Nachher oder am nächsten Morgen, je nachdem, wie die Bekanntschaft sich entwickelt, kann er dann in Wittenberge den Schnellzug nach Rostock nehmen. Nikola. Als der Soldat seine Augen schließt, sieht er sie vor sich.

Alles ist schwarz an Nikola, ihre Strümpfe und ihre Hemden und ihre Höschen, alles aus Seide, alles außer ihrer Haut. Eines Morgens hat sie ihrem Dienstmädchen freigegeben und ihm erlaubt, sie langsam auszukleiden, im Halbdunkel ihres Salons, bis sie ihm untersagt hat, ihr die Corsage abzunehmen. Erst später will sie ihm ihre Brüste zeigen. Die Corsage schützt sie.

Er schafft es nicht, ihre Form sicher zu erkunden, eingekeilt in die beiden Kuppeln, die ihre Wehr sind. Wenn er ihre Taille betrachtet, erscheint sie ihm etwas besser genährt, als er sie sich vorgestellt hat. Er findet das beruhigend, denn sieht er eine Frau, deren Taille sie zu erdrosseln scheint, dann fürchtet er jedesmal, sie könnte entzweibrechen wie eine Puppe.

Die schwarze Corsage scheint zu ihrem nackten Leib zu gehören. Ein Lächeln schwebt auf ihren Lippen, als Nikola ihm ihr Geschlecht vorzeigt. Er versteckt seinen Kopf zwischen ihren gespreizten Beinen, um es nicht betrachten zu müssen, denn es entrüstet ihn mit seinen senkrechten Lippen, die sich rot auf dem bleichen Körper einzukrusten scheinen. Er atmet kaum und saugt an diesem Mund, der sich immer weiter öffnet und den seine Zunge zu erkunden beginnt. Sie streichelt seine Haare und atmet immer stärker und scheint doch ganz zufrieden. Er fühlt alles und nichts, verwandelt sich ihr an und glaubt, unter ihre sanfte Haut zu dringen, die ihm nicht mehr fremd vorkommt, sondern wie die eigene.

Dem Soldaten fällt es schwer zu verstehen, warum er sich an diesem Tag endlich erwachsen gefühlt hat, obwohl nach alledem nichts schlüssiges geschehen ist. Er bleibt vollständig angezogen. Als sie genug hat, schlüpft sie einfach in ihr Kleid, ohne Strümpfe und Höschen wieder anzuziehen. Im Flur lädt sie in plötzlich ein, sie auf den Mund zu küssen. Sie öffnet die Tür und reibt sich an seinem Körper, gerade lange genug, dass er sich endlich spürbar erregt. Dann stößt sie ihn mit einem kleinen Lachen ins Treppenhaus hinaus.

Gerd fühlt sich von Blicken verfolgt, als er zum Bahnhof rennt, um den kleinen Dampfzug zu erwischen, der ihn nach Rostock zurückbringen wird, zu Großmutter und Tante und zu deren Verlobtem, der nie so etwas wie er heute gemacht hat, denkt er, denn das ist einfach undenkbar.

Freitag, 26. März 1920

Der Briefträger geht auf den Hof und klopft ans Küchenfenster. Freitags ist er es gewohnt, beim Pfarrer eine Pause zu machen. Gewöhnlich kommt er gegen elf. Tine hat den Tee für den Chinesen schon aufgesetzt, tiefschwarz, so trinkt er ihn gern. Kaffee mag er nicht. Post für den Soldaten und die Zeitung, sagt er, als er sich an den Küchentisch setzt. Gerd ist noch nicht auf, sagt Tine, ich rufe ihn herunter.

Der Chinese lächelt chinesisch und meint, viel nachgedacht hat der Junge gestern Abend nicht mehr. Das ganze Dorf redet davon und lacht, weil es den Feldhüter mal erwischt hat, bei dem sich sonst keiner traut. Ich werde zu ihm hochgehen, denn ich muss ihn doch wenigstens noch begrüßen, ehe er wieder geht. Dann nehme Er einen Becher Tee mit hoch, sagt Tine, das tut ihm heute besser als Kaffee, so viele Schluck, wie Gerd gestern getrunken hat, dann noch das viele Bier, aber er ist allein nach Hause gekommen, das schaffen dort wenige. Sie reden noch über dies und das, nichts wichtiges, dann steigt der Briefträger mit seinem Brief und einem Becher Tee nach oben. Seine Tasche lässt er unten, obwohl ein Geldbrief darin ist, sie ist nicht nur bei Tine sicher vor unbefugten Händen. In der Stadt wäre das anders.

Als der Chinese anklopft, macht der Soldat gleich die Tür auf. Er ist schon vollständig angezogen und hat noch etwas feuchte Haare, die eng an den Kopf gekämmt sind. Mensch Störzer, sagt er zur Begrüßung, Sie habe ich auch sehen wollen. Ich bin schon eine Weile wach, jetzt grinst er etwas verlegen, gestern Abend war es spät, aber ich bin jetzt ganz ausgeruht. Was ich gemacht habe, erinnere ich mich nicht mehr genau, aber dem Vater wird es kaum gefallen. Deshalb bin ich noch nicht hinuntergegangen. Der Briefträger drückt ihm fest die Hand und zwinkert mit den Augen. Komm ruhig in die Küche. Was die Leute hier sagen, kann dem Vater so egal sein wie dir, denn sie verwechseln euch beide ganz sicher nicht. Außerdem ist der Vater ausgegangen und kommt noch nicht wieder. Hier ist dein Brief. Damit wendet er sich ab und steigt wieder nach unten.

Der Soldat tritt ans Fenster und liest den Absender. Eine rundliche Sütterlinschrift. Tante Else in Rostock. Mit einem Messer schlitzt er den Umschlag auf und liest freundliche, lächelnde Worte, die ihm gut tun. Dort werden sie sich freuen, wenn er bald zu ihnen kommt, auch wenn er nicht weiß, was er mit Rostock noch anfangen kann. Vielleicht sollte er an Nikola schreiben. Das wird schwer. Er trinkt einen Schluck Tee. Den Brief wird er dem Vater auf den Schreibtisch legen.

Als ihr der Briefträger sagt, dass der Soldat schon längst aufgestanden ist, nimmt Tine kopfschüttelnd eine Pfanne, brät Speck darin an und schlägt drei Eier hinein. Gerd kommt herunter und legt ihr von hinten die Hände auf die Schulter, dass sie erschrickt. Setz Er sich bloß hin, ruft sie, heute morgen gibt es nur Tee! Er lacht und denkt, dass er sich umsonst gesorgt hat. Er hat seine Uniform wieder angezogen, wie um sich bescheiden zu zeigen, das muss nicht sein, aber er denkt nicht daran, die Kleider zu wechseln, viel vor hat er heute doch nicht. Während er isst, trinkt der Briefträger etwas ausführlicher Tee als gewöhnlich, dann fragt ihn der Soldat, ob er ihn ein Stück begleiten soll, ins Freie zu kommen wird ihm gut tun, doch.

Der Tag ist frisch und klar, bald ist Mittagszeit, schon zeigt sich niemand mehr auf der Straße, als die beiden sich auf den Weg machen. In Heiligenfelde ist der Briefträger bald fertig, seine Tasche ist fast leer, jetzt muss er noch hinauf nach

Rathsleben, den Geldbrief überbringen. Das Gehöft der Runges wirkt wie ausgestorben. Die Valentine ist kein schlechtes Mädchen, bemerkt der Briefträger nebenhin, aber Du bist nichts für sie, schon wegen der Pacht, die sie dem Vater schulden. Schweigend gehen sie hangaufwärts.

So sind sie oft miteinander gegangen, der Briefträger groß neben dem größer werdenden Kind, das ihn nun um einen Kopf überragt. Von fernen Ländern hat er erzählt, von der Reise mit dem Panzerkreuzer um Kap Hoorn, von Valparaiso und China, vom Krieg gegen die Boxer und von der langen Heimreise von Tsingtau über Peking nach Sibirien und Sankt Petersburg, für die der ausgediente Zahlmeister sich entscheidet, um dann als Briefträger auf der Höhe weiterzuleben, als sei nichts passiert. Jetzt lässt er den Sohn des Pfarrers erzählen, vom Lager und vom Krieg, von Langeweile und Erstarrung und Plötzlichkeit und Tod.

Schließlich sagt der Chinese, dass er erst nach dem Waffenstillstand wieder Briefmarken aus Frankreich bekommen hat, vorher gab es nur Feldpostmarken, die dafür zahlreich. Über das Briefmarkensammeln sind sie früher auf die fernen Länder gekommen, auf das Reisen und die Fremde, die schon in der Heimat anfängt, in den Hafenstädten, auf den Bahnhöfen und in der Eisenbahn, auch wenn es eine Kleinbahn ist wie die von Kleinau nach Pretzier und Osterburg und Stendal. Von Schienen aus gesehen ist die Welt eine andere.

Von den Antipoden kommst Du nun nicht gerade zurück, sagt der Briefträger, aber immerhin aus Frankreich. Das ist ein Land, das ich immer gern gesehen hätte, stattdessen war ich in China und weiß bis heute nicht, was wir dort eigentlich zu suchen hatten. So lange sollte das Expeditionskorps nicht dableiben und es war Zufall, dass ich 1901 dann meine

Jahre voll hatte. Ich hätte später zurückkehren können, aber ich hatte genug und nahm den Abschied. Von meinem Sold hatte ich bis dahin kaum etwas ausgegeben, es war Frühling in Sibirien, alles blühte und war riesig, dahin kehre ich in Gedanken manchmal zurück, wenn mir nach achtzehn Jahren die Wege hier zu lang werden.

In Frankreich war es eigentlich so wie hier, sagt Gerd, deshalb wusste ich am Ende auch nicht, warum es diesen Krieg überhaupt geben musste. Ich will nie wieder einen erleben, nicht freiwillig. In Rathsleben sehen sie eine Trauergesellschaft am kleinen Kirchhof mit dem winzigen Kirchlein. Auf einem großen Hof haben sie den Geldbrief abgegeben, ohne Freude damit auszulösen, vielleicht das Ergebnis eines langen Erbstreits, so hat das Gesicht des Bauern jedenfalls ausgesehen, als er ihn aufmachte. Heute ist der Wald wieder ganz licht, die Luft wird schon fast frühlingshaft, so sollte es auch sein, wieder begegnet ihnen ein Förster, der diesmal höflich grüßt und den Briefträger in ein Gespräch zieht. Als sie weitergehen, sagt der Briefträger, das muss ein schöner Frieden für dich sein, als ob der Tod sich einen Spaß macht, dir zu folgen.

Jetzt ist die Mittagszeit schon lang vorbei, ein paar Leute zeigen sich auf den Straßen, auch eine Bäuerin kommt ihnen entgegen, aufrecht und stolz mit einem schön geblümten Kopftuch, Trauer trägt sie schon lange nicht mehr. Ein kühler und klarer Blick mustert den Soldaten, einen schönen Tag auch, Frau Runge, sagt der Briefträger, die Bäuerin nickt und scheint dabei leise zu lächeln. Sie gehen weiter, der Soldat zwingt sich, nicht noch einmal zurückzublicken. Beim Gasthof trennen sie sich und versprechen einander zu schreiben, falls sie sich nicht mehr sehen. Wegen der Briefmarken, lächelt der Chinese. Weil ich jetzt auch ein Heimkehrer geworden bin, denkt Gerd. Tine ist schon nach Hause gegangen, als er ins Haus tritt. Der Vater hört seine Schritte und öffnet kurz die Tür des Arbeitszimmers. Wir essen abends noch einmal im Gasthof, sagt er, oben im Zimmer liegt etwas zu lesen für dich. Mit der Predigt habe ich erst angefangen. Ich muss zwischendurch noch einmal aus dem Haus. Hoffentlich stirbt vor Ostern niemand mehr. Gleich schließt er die Tür.

Der Sohn hat noch keinen Hunger, auch wenn er sich nach dem Spaziergang etwas leer fühlt, das Gesicht der Witwe Runge schwebt fremd vor ihm, unnahbar, eine schöne Frau, nicht bloß hübsch wie Valentine, die erst noch schön werden muss, falls sie dazu bestimmt ist. Er macht Tee und nimmt Kanne und Becher mit hinauf in die Kammer.

Auf dem Tisch am Fenster liegt ein Stapel schwarze Wachstuchhefte, alle gleich groß, mit Rotschnitt und weißen Schulheftetiketten, beschriftet in der sauberen Hand seiner Mutter, so wie sie es als Kind gelernt hat. Ihre deutsche Schrift wirkt runder als üblich, nicht so angespitzt wie bei einer echten Kanzleischrift, als hätte sie unwillkürlich die Schreibreform des Ludwig Sütterlin vorweggenommen. Ein Zettel liegt obenauf. Für Gerd, in ihrer Schrift, damit er lesen kann, was ich über uns und ihn aufgeschrieben habe. Martha.

Die Hefte sind chronologisch geordnet, das erste von 1886, das letzte von 1919. Das Tagebuch der Mutter aus dreiunddreißig Jahren. Der Soldat setzt sich und fängt an zu lesen. Bald liegen die Hefte nicht mehr in ihrer Ordnung, weil er beim Weiterlesen immer wieder eines aus dem Stapel herauszieht. An manchen Stellen legt er Zettel hinein, bis er beschließt, sich ein paar der Einträge abzuschreiben, um sie nach Rostock mitzunehmen.

Neun, dann hört er auf.

23. Dezember 1916

Morgen feiern wir zum zweiten Mal Heiligabend und Gerd ist nicht zuhause. Ich denke dauernd an ihn, weil Hermann es so wenig zu tun scheint, vor allem jetzt, wegen der Feiertage. Er versucht, nicht gereizt zu sein, wenn er von den Gängen durch seine Gemeinden zurückkommt, die er zu Fuß zurücklegen muss, seit wir kein Pferd mehr haben. Der Superintendent hat den Pfarrern, die in seiner Lage sind, Hoffnungen gemacht, aber es sieht nicht so aus, als ob wir Glück haben werden. Gerd schreibt immer, wie gut er sich mit seiner braunen Stute versteht, das freut mich für ihn, aber diese Stellen aus seinen Briefen traue ich mich kaum noch vorzulesen. Ich glaube auch nicht, dass seine Berichte von Ausritten am frühen Morgen durch ein stilles Land, im Frühling, wenn schon alles blüht oder jetzt mit frischgefallenem Schnee, so unkriegerisch und beschaulich, viel mit seinem blutigen Alltag zu tun haben. Ich hoffe einfach für ihn, dass er wirklich oft so etwas erlebt und nicht nur immer müder und nasser und mutloser ist, weil der Krieg nicht endet, was er doch einmal tun muss. Ich bete dafür, dass wenigstens an Weihnachten die Waffen schweigen und er eine ruhige Zeit erlebt. Bei uns geht es an den Festtagen nie so ruhig zu. Zum Glück ist Else aus Rostock zu Besuch und heitert mich auf, wenn mir alles zu viel wird.

7. August 1893

In diesem Herbst will Hermann noch einmal selbst auf seinem Acker ernten. Seit fünf Jahren habe ich immer mitgeholfen, aber ich hoffe so, dass ich diesen Herbst wieder schwanger werde. Er hofft das auch, deshalb will er dieses Jahr dem Müller Runge seinen Acker verpachten, der ihn schon mehrmals darum ange-

gangen ist. Ich bin froh darüber, denn die harte und unergiebige Arbeit auf dem Feld ist nicht gut für ihn, auch wenn er immer so tut, als bräuchte er sie für seine Gesundheit. Wenn er im Garten hilft und Holz hackt wie der Kaiser, genügt das vollkommen. Zweimal war ich schon guter Hoffnung in der Zeit, das wurde nichts und ich war einmal ein paar Tage und ein andermal, weil es so wehtat, fast zwei Monate lang krank. Ich hoffe, wenn ich es aufschreibe, kommt es nicht wieder vor, weil ich mich dann schone und ganz darauf vorbereite, damit es gutgeht. Mein Hermann braucht einen Sohn, dann ist er vielleicht mit seinem Leben zufrieden, denn dass er sich auf dem Dorf nicht wohlfühlt, merke ich schon. Er ist an die Stadt gewöhnt, auch wenn es nur eine kleine Stadt war, in der er aufgewachsen ist. Mir war Seehausen immer zu groß, wenn wir von Vosshof dorthin einkaufen fuhren. Aber er kennt dort jedes Haus. Vielleicht hilft es, den Acker zu verpachten. Ich freue mich auf mein Kind, das bestimmt kommen wird, auch meinetwegen, denn viel Zeit hat er nicht für mich und mit den anderen Frauen im Dorf muss ich vorsichtig sein. Es ist nicht einfach hier.

7. April 1909

Ausgerechnet an Gerds fünfzehntem Geburtstag musste es Streit geben. Ich war im Garten bei den Beeten und hörte nichts davon, aber Hermann war noch beim Essen so wütend, dass er ganz stumm blieb. Gerd hatte er nach oben auf sein Zimmer geschickt und mir verboten, nach ihm zu sehen, was noch nie vorgekommen ist. Ich bin ganz unglücklich und mir zugleich sicher, dass er Dinge straft, die er selbst in diesem Alter straflos getan hat, weil kein Vater mehr da war, der ihn strafen konnte. Seine Mutter hat ihn immer milde behandelt und nichts schlechtes dabei angerichtet, finde ich ganz im Stillen. Gegen mich hat er auch nie die Hand erhoben und sich immer gleich geschämt, wenn er einmal laut wurde. Deshalb habe ich es auch nie bereut, dass er mich geheiratet hat, auch wenn er außer seiner Pfarrstelle nichts vorweisen konnte. Zum Glück ist er doch nicht Missionar geworden. Alle diese fremden Länder und Menschen, die kein Deutsch und schon gar kein Plattdeutsch sprechen, hätten ihn nicht erschreckt, aber mich hätten sie schon erschrecken dürfen. Eingeborene haben wir hier auch, sagt er manchmal und lacht dabei grimmig oder gutgelaunt, je nachdem. Wenn er den Schmied bekehren könnte, meint er, dann wäre das ein Erfolg, der einen ganzen Stamm pechschwarzer Eingeborener aufwöge. Schwarz von Ruß ist der Schmied wirklich oft, aber seine Seele findet er völlig sauber. Ich hoffe, von Gerd denkt er das in seinem Herzen auch, so sehr er sich heute auch aufgeregt hat, obwohl er doch so gut ist. Hoffentlich kommt so was nie wieder vor.

25. Dezember 1900

In seiner Predigt zum heiligen Abend hat Hermann sein Steckenpferd geritten und ist „historisch" geworden, aber zum Glück nicht allzu lang. Wie sehr es ihn ärgert, dass alle Welt vom ersten Jahr des neuen Jahrhunderts redet, das nun zu Ende gehe, habe ich das Jahr über gar nicht so gemerkt, außer wenn wieder jemand in der Zeitung schrieb, dass im neuen Jahrhundert nun dies und das hinter uns liege. Jedesmal hat er dann geknurrt. Gestern Abend war ihm dann Jesu Geburt der Anlass, ausführlich darzulegen, dass erst mit der 1900jährigen Wiederkehr dieses Geburtstages das neunzehnte Jahrhundert dabei sei, zu Ende zu gehen. In hundert Jahren sei deshalb auch erst am 31. Dezember des Jahres 2000 das zweite Jahrtausend zu Ende. Als er dann noch sagte, dass vor dem 1. Januar des Jahres 1 nach trotzdem der 31. Dezember des Jahres 1 vor Christus gekommen sei, nicht etwa ein Jahr 0, dass die Menschen damals noch gar nicht denken konnten, denn die Null war noch nicht erfunden, da wurden alle ganz konfus. Gerd ist mir eingeschlafen, ehe Hermann damit am Ende war, aber er ist auch erst sechs Jahre alt und kann noch gar nicht rechnen. Dass wir eigentlich immer zurückblicken und von heute aus rückwärts zählen müssten, fand ich aber einen guten Gedanken, nur etwas unpraktisch. Nachher stand der Schmied noch vor der Kirche und hat Hermann in ein Gespräch darüber verwickelt, das ich mir nicht anhören konnte, weil Gerd ins Bett musste. Hermann war nachher guter Laune und sehr zärtlich, also war doch alles gut.

29. September 1910

Heute ist mein vierzigster Geburtstag, aber bis um die Mittagszeit habe ich fast geglaubt, dass mein Hermann ihn über den Dingen, die ihn seit Wochen beschäftigen, ganz vergessen hat. Seit der Lehrer nicht mehr unterrichten darf, hat er auch keinen Kantor, Organisten und Küster mehr. Der Mann traut sich aus dem Schulhaus nicht mehr nach draußen, wo er noch wohnt. Frau und Kinder sind irgendwo anders hingezogen und er soll auch fort, aber er versucht noch immer, seine Stellung zu halten, dabei hat er sich an einem Mädchen vergangen, das noch vor Ostern seine Schülerin war! Das Mädchen tut mir leid, denn alle zeigen jetzt mit dem Finger auf sie, dabei hat sie keine Schuld als die, hübscher und schüchterner als die anderen zu sein und vor den Männern nicht wegzulaufen, weil ihr Stiefvater sie oft genug dafür gestraft hat, wenn sie sich vor ihm versteckt hielt. Das beschäftigt mich nun auch an einem Tag wie heute, aber jetzt will ich es mir aus dem Kopf schlagen und fröhlich sein, denn es ist ein herrlicher Herbsttag und Hermann ist gerade hereingekommen und hat mir gesagt, dass ich mich bereit machen soll, nach Arendsee hinüberzufahren. Er will mich auf den See hinausrudern, damit ich vom Auge Gottes aus, so nennt er den See, weil er kreisrund ist, den Himmel bekieken kann. Er hat wohl gemerkt, wie sehr mich die ganze Geschichte mitnimmt, aber er möchte auf keinen Fall, dass ich mir Vorwürfe mache, weil er es gemerkt hat, sagt er und zwickt mich, was ich gar nicht mag, aber heute freue ich mich darüber.

25. September 1888

In vier Tagen habe ich meinen achtzehnten Geburtstag und niemand denkt daran, glaube ich, weil ich heute heiraten soll und alles in Aufruhr ist und eine weiße Kutsche im Hof steht, die von der Herrschaft ausgeliehen wurde, was doch ein schöner Zug ist, obwohl ich gar niemand besonderes bin. So oft wie in den letzten Wochen habe ich noch nie in den Spiegel blicken müssen. Ich kann gar nicht mehr sehen, was ich sonst ganz einfach fühle. Niemand nimmt mehr Rücksicht darauf, dass ich doch jung bin und auch Hermann noch jung ist, wenigstens jünger als andere Männer, wenn sie heiraten, was mich aber nicht im mindesten beunruhigt. Ich weiß nichts von dem, was er in Halle und Magdeburg schon alles gemacht hat, aber so arm, wie er dort war, kann er nichts böses angestellt haben, sagt meine kleine Schwester, die immer viel schneller bei der Hand ist, solche Dinge zu sagen, als der Mutter recht ist. Alle sind recht froh darüber, dass ich jetzt aus dem Haus bin, das merke ich wohl und ärgere mich insgeheim, dabei ist das nun einmal so und ich darf mir nichts dabei denken. Aber ich bin jetzt schon gekränkt, wenn ich mir vorstelle, dass mein Geburtstag vielleicht unbeachtet vorbeigehen wird, weil alle noch ganz erschöpft von der Hochzeit sind und ich auch. Eigentlich freue ich mich auf die Kutschfahrt über die Bahnlinie hinüber nach Vielbaum und auf die Sorge, dass die Kutsche nicht umkippt, wo der Feldweg die Gleise überquert. Das ist jedesmal ein kleiner Schrecken, wenn wir auf dem Wagen sitzenbleiben, statt herunterzuspringen. Eine Kinderei eben!

12. April 1919

Wenn nur Gerd wieder zuhause wäre! Den ersten Friedenswinter haben wir nun mehr schlecht als recht durchgebracht und jetzt, wenn es warm wird, müsste er sich in seiner Heimat doch wohlfühlen. Mir geht es bestimmt auch bald wieder besser. Manchmal schlage ich die Karte in Perthes' Schulatlas nach und versuche mir vorzustellen, wo er nun schon seit dem 6. November 1918 lebt. Im Baedeker heißt es, dass es dort viel Wasser gibt und das Land etwas hügelig und einförmig ist, mit vielen Schlössern. Bis auf die Schlösser sieht es hier ganz ähnlich aus. Gerd schreibt, dass er einmal in der Woche unter Bewachung mit einem großen Trupp Kriegsgefangener das Lager zu Spaziergängen verlassen darf, weil er sein Ehrenwort gegeben hat. Menschen begegnen sie dabei nicht. Das ist wohl Absicht, damit es keine Unruhe gibt, was ich verstehen kann, wenn ich nur daran denke, was die Leute hier über die Franzosen sagen. Von den Dingen, die in Frankreich über uns gesagt werden, können wir nichts besseres erwarten. Die französischen Bewacher sind wohl meist ältere Soldaten, die noch unter Waffen sind, weil sie zum stehenden Heer gehören und keine Kriegsfreiwilligen waren wie die meisten Gefangenen dort. Das ist bestimmt gut. Für sie war der Krieg kein Abenteuer, sondern nur eine Gelegenheit, ihre Pflichttreue zu zeigen, so wie mein

Hermann, der auch hier hingestellt ist und seine Pflicht tut, ob er will oder nicht. Manchmal verspottet er sich selbst als Wachtmeister des Herrn, dann wird es ihm zuviel, vor allem wegen der Armenpflege, denn manche Bauern sind sehr hartherzig und geben nichts. Was wir für Gerd gebraucht hätten und sparen wollten, haben wir im letzten Winter fast alles für die Armen verwendet. Zum Glück gibt es immer genug Holz, um in der Kirche sonntags ein wenig zu heizen, weil auch die sparsamen Kirchenvorstände dort nicht frieren wollen. Dadurch haben manche es wenigstens eine Stunde lang wärmer, die zuhause den Ofen nicht heizen können. So ist die Kirche doch zu etwas gut, sagt Hermann und erschreckt mich damit, weil die Kirche doch an sich etwas gutes ist. Oft ist er so müde. An Gerd denkt er selten, weil er immerhin am Leben und nicht mehr in Gefahr ist. So, wie er mich manchmal ansieht, weiß ich, dass er sich wegen mir Sorgen macht. Er ist doch ein Guter, aber ich denke immer an Gerd.

6. Februar 1889

Heute morgen bin ich mit großen Schmerzen aufgewacht, aber ich bin einfach liegengeblieben, bis sie aufhörten. Das geht jetzt schon tagelang so. Hermann gegenüber klage ich nicht. Ich möchte diese Schmerzen mit mir selbst ausmachen und mit dem armen Kind, das nun nicht geboren werden wird. Er arbeitet so viel und hat kaum etwas von dem gemerkt, was in mir arbeitet und leerläuft. Jetzt ist der Schmerz auch schon wieder vorbei. Dabei bin ich ganz sicher, dass ich einen Sohn und einen Enkel haben werde, seit heute morgen weiß ich das und brauche gar keine Bestätigung dafür, denn es ist eine Gewissheit. Jedes Jahr will ich am 6. Februar daran denken. Der Winter ist sehr hart hier auf der Höhe. Das Dorf ist so arm, wie ich das aus der Wische so nicht kenne.

Wir sind nicht so abgeschnitten wie manche Höfe dort, das ist wahr. Zum Glück habe ich mir das nicht vorstellen können, als wir so froh waren, dass Hermann schon eine Pfarrstelle bekam, ohne lang warten zu müssen. Am Ende bleibt doch immer die Liebe.

21. Juni 1913

Zu seinem Geburtstag haben wir Gerd versprochen, dass wir ihn dieses Jahr in Rostock abholen und in Warnemünde noch eine Woche Urlaub machen wollen. Heute sind wir angekommen und freuen uns auf sonnige Tage, auch wenn wir jetzt schon wissen, dass es hier an der Küste auch Regentage sein können. Das, worauf es ankommt, das Meer und die salzige Luft, tut auch bei Regen tut. Möwen haben wir auch am Arendsee, aber nicht so freche wie in Warnemünde, wo sie überall herumstolzieren.
Else ist sehr lustig und ihr Ernst hat diesmal doch gelacht, als Hermann zu ihr sagte, vergiss nicht, Du sollst deinen Herrn mit Ernst anreden! Als sie das an Weihnachten in der Predigt hörte, da wurde sie ganz rot, weil sie nicht laut heraus lachen durfte und sich am liebsten versteckt hätte, obwohl das von den Leuten doch niemand so verstanden hat wie sie. Wenn Hermann zeigen will, dass er mit jemandem einverstanden ist, macht er solche Scherze gern. Mit Gerd scherzt er mir viel zu wenig. Das macht mir Sorgen, auch wenn er damit nur zeigt, dass er aus Gerds Gegenwehr etwas gelernt hat. Von ihm zurückziehen darf er sich aber auch nicht. Er überlässt es zu oft mir, mit ihm zu reden, statt es selbst zu tun, wie ein Vater das tun sollte. Aber er weiß das nicht aus eigener Erfahrung. Als sein Vater starb, war er erst zwölf. Vielleicht hätte Gerd besser eine Lehre gemacht. Jetzt ist er neunzehn und wird einundzwanzig sein, wenn er die Schule verlässt. So alt schon. Mir fällt es schwer, das zu glauben.

Erst abends gegen acht ruft der Vater von unten nach dem Sohn. Die Tagebuchhefte hat er schon wieder ordentlich zusammengelegt und wartet nur darauf, dass sie endlich zum Abendessen gehen, für das er sich schon mit seinem grauen Anzug angekleidet hat. Er lässt den Stapel auf dem Tisch am Fenster liegen, mit dem Zettel der Mutter obenauf. Den Vater findet er abweisend, aber doch auf unbestimmte Art freundlich im Flur vor dem Garderobenspiegel. Beim Abendessen in der Wirtschaft gibt es Fisch, einen Zander aus dem Aland, dazu Pellkartoffeln und eine Remoulade. Sie essen langsam und lassen nichts übrig, schweigsam oder einsilbig, dazu Bier und keinen Schluck, das eine ist üblich, das andere erlaubt der Pfarrer sich nur bei passender Gelegenheit. Hast Du gelesen? fragt er kurz. Der Sohn nickt. Lass die Hefte oben in der Kammer. Irgendwann gehe ich hinauf und lese auch darin, aber jetzt kann ich das noch nicht.

Am Nebentisch sitzt der Schmied, der zu ihnen herübernickt, mit ein paar alten Männern, die sie in Ruhe haben essen lassen, aber jetzt kommt doch einer von ihnen an den Tisch, den der Soldat noch nicht gesehen hat, nimmt Haltung an und schnarrt, Herr Pfarrer, Herr Leutnant gestatten, Korporal Grube vom Stammtisch unserer Veteranen, wenn Sie einen Augenblick an unseren Tisch kommen würden. Der Vater bleibt noch sitzen, der Soldat geht hinüber, lässt sich zuprosten und trinkt einen Schluck mit, sagt ein paar geeignete Worte, die ihm unerwartet leicht über die Lippen gehen.

Auch der Schmied drückt ihm fest die Hand, dass es knirscht und sagt bestimmt, morgen früh erwarte ich dich, Gerd. Dann reden wir. Als sie nach Hause kommen, drückt der Pfarrer dem Sohn wortlos die Hand.

Der wahre König der Veteranen heißt immer noch Jérôme. Ein Jahrhundert ist das her, aber die Söhne und Enkel und Urenkel haben das Königreich Westphalen nicht vergessen. Es hat ihnen ein anderes Weltbild eröffnet als das ihrer Vorväter, wobei es keine Rolle spielt, dass der König sie in einen verlorenen Krieg geschickt hat. Manche Bauern bewahren immer noch sein Bildnis oder eines von Napoleon, den Stich einer fernen Schlachtenszene, neben dem Bildnis des Alten Fritz, des großen Preussenkönigs, ohne den Eindruck zu haben, dass das eine dem anderen widerspricht. Die beiden Könige haben eine Ergebenheit verlangt, die man ihnen unterschiedslos zuerkannt hat. Beide sprachen außerdem Französisch und haben sich zu mythischen Gestalten in einer Gegend entwickelt, wo allein die Tatsache zählt, dass sie die Zustände nicht groß verändert haben. Darin liegt das Gute, das Böse wohnt bei denen, die Sitten und Eigentumsverhältnisse ändern wollen. Das eine hängt vom anderen ab. Inzwischen haben alle mit der Neuverteilung von Grund und Boden ihren Frieden machen müssen, aber niemand erinnert sich an die Leute, die darüber entschieden haben. Man verwünscht sie schweigend.

In der Altmark ist man nicht wirklich preußisch, nicht zu sehr jedenfalls, denn man hält sich für viel älter als die anderen, für viel gefestigter in seinen Gewohnheiten als die Nachbarn auf dem Nordufer der Elbe, die Leute in der Priegnitz, die nach dem Hörensagen derjenigen, die sich mit der Geschichte auskennen, von den unsrigen erst kolonisiert wurden. Von diesen Gründungsmythen einer Gegend zwischen Land und Wasser wissen die Preußen nichts. Jérôme hat gut gezahlt, sagt der Enkel eines Veteranen, das weiß ich von meinem Vater. Er fragt sich, ob dieser geisterhafte König wohl ein Franzose war. Als der Schmied nein sagt, er war König von Westphalen, nicht wahr, also gehörte er zu uns, wir haben nie einen französischen König gehabt, bloß Könige, die Französisch sprachen, da widerspricht ihm keiner, denn er beherrscht den Tisch mit seinen gewaltigen Armen. Wenigstens haben wir nicht zum Kaiserreich gehört, sagt der Wirt und der Schmied nickt dazu.

Als keine Auseinandersetzung mit den Tatsachen mehr droht, folgt die Beschwörung eines anderen Gespensts, die des armen Wehrpflichtigen, der dafür hingerichtet wurde, dass er auf das Ende seines Urlaubs vergessen hatte, keiner erinnert sich wann, auf jeden Fall während der Ernte, vielleicht hat die Liebe eine Rolle gespielt, vielleicht ein Vater, der zuviel verlangt und sich dann auch aufgehängt hat. Andere Erhängte steigen zur Oberfläche des gemeinsamen Gedächtnisses empor, ein erfolgloser Freitod auch, der eines Schlachters, der versucht hatte, sich selbst zu schlachten, aber nicht tief genug schnitt, ein Mann, den das Dorf verwünscht, weil er nicht aufhört die zu verfluchen, die ihn retteten, zu schwach jetzt, um es noch einmal zu versuchen, weniger durch Nahrung am Leben erhalten als durch den Hass, mit dem er Tote und Lebende verfolgt, ohne sich entscheiden zu können, wohin er gehört. Ein schlechtes Vorbild, dem niemand folgen wollte.

Natürlich gibt es genug Gewehre in der Gegend, die einen wie die anderen gehen zur Jagd, die das Recht dazu haben und die anderen, die auf Recht und Gesetz pfeifen. Aber meistens hängt man sich auf und legt manchmal Feuer, ehe man sich aufhängt. Ja, sagt irgendwer, die Hexen hat man früher verbrannt, so wie die Base deines Urgroßvaters, doch. Die gab es auch noch, sagt der Schmied, nachdem sie keine mehr verbrannt haben, ihr wisst schon, von wem ich rede. Sie hat aus der Gegend verschwinden müssen, weil selbst ihre Verwandten gesagt haben, dass sie eine Hexe war. Wenn die Verwandten so etwas sagen, hat das Gewicht. Man nimmt an, dass es wahr ist, denn im Grunde beschuldigen sie sich, selbst das

Böse zur Welt gebracht zu haben, was eine gewaltige Schuld ist, die man achtet. Aber hat sie sich nicht bloß geweigert zu heiraten? fragt der Wirt. Man weiß nicht mehr recht, von welcher Zeit man redet, alles verwirrt sich schließlich, beschleunigt sich und macht zu weit entfernt, was sich eigentlich vorhin erst ereignet hat. Daten bringen keine Klarheit, wo alles aufeinander bezogen ist, Verwandtschaftsverhältnisse wie Eigentumswechsel und Verkauf von Nutztieren, je nachdem wer sie zur Sprache bringt.

Samstag, 27. März 1920

Das Dorf. In der Kindheit ist das Dorf eine Welt. Er kann überall hingehen, denn er ist der Sohn des Pfarrers. Dennoch fühlt er sich nicht überall auf gleiche Art aufgenommen. Der Schmied sagt zu ihm kein Wort, wenn Gerd ihn bei der Arbeit beobachtet, aber eines Tages schenkt er ihm ein altes Hufeisen und sie werden Komplizen. Der Schmied geht nur zur Kirche, um die Predigt anzuhören, bleibt dicht am Eingang und verlässt sie sofort, wenn der Pfarrer am Ende ist. Alle Welt weiß, dass er ein Ketzer ist, aber das macht nichts, es gehört zu seinem Beruf, anders zu sein. Seine Nägel halten die Hufeisen länger fest, als man erwarten kann. Offensichtlich sind sie magisch und die Seele des Schmieds wird dem Teufel nicht entgehen, aber die Besitzer der Pferde sind zufrieden, dass es so ist. Versucht einer zu verstehen, was er bei der Arbeit vor sich hinsagt, dann knurrt er, *dat geit di gôrnix ôn, du Krawattemaker.* Die meisten sprechen Platt, außer denen aus dem Osten, die nicht dazugehören. Ihre Kinder schon, so wie Kongo, der es besser spricht als manche der Eingeborenen.

Regen fällt, so dicht und regelmäßig, dass das Dorf in einer Unterwasserwelt zu liegen scheint. Gerd hat früh gefrühstückt. Der Regen hört einfach nicht auf. Schließlich zieht er sich Anglerstiefel und einen Südwester an und stapft über den Hof, um nach dem Pferd zu sehen, dem der Regen nichts auszumachen scheint. Bis später, sagt er, wenn der Vater einverstanden ist. Dann geht er hinaus auf die Chaussee und ist froh, dass er undurchdringlich angezogen ist, denn eine Reihe von Mistfuhren begegnet ihm und beschwappt ihn mit Schlamm. Der Schnee ist schon weggeschmolzen und die Bauern beeilen sich, die Äcker zu düngen, so lange der Boden noch zum Teil gefroren ist. Der Regen hilft, den Dünger einzutragen. Ochsen und Kühe ziehen die Mistwagen. Frauen gehen nebenher, die in ihrer Regenkleidung immer noch nicht wie Männer aussehen. Ein paar Scherze muss der Pfarrersohn angemessen beantworten, dann ist der Zug vorbei. Er stapft aufgemuntert weiter zur Schmiede. Die Esse dort ist erloschen, denn der Schmied hält den Sabbat, aber er wirtschaftet doch darin herum, ohne zu arbeiten. Da ist er streng.

Den Soldaten begrüßt der Schmied mit einer Herzlichkeit, die ihn buchstäblich aus dem Gleichgewicht bringt, als der ihn mit gewaltigen Pranken umarmt und hochhebt und doch etwas außer Atem kommt. Sehr gut hast Du das mit dem Feldhüter angestellt, lacht er, aber in die Schnapsbude hättest Du trotzdem nicht mitgehen sollen. Nicht dass ich da nie hingehe, Du weißt schon, aber Du musst schon etwas an deinen Vater denken. Im Gasthaus hab ich schon gesehen, dass Du mager geworden bist, aber auch kräftiger. Lass dich nochmal ansehen. Vielleicht sollte ich dich jetzt doch als Gesellen annehmen? Gerd lacht und fühlt sich in der Schmiede trotz aller Freundschaft und Liebschaft anderswo am schlichtesten wieder aufgenommen, ohne unnötiges Beiwerk, eben auf eine gewissermaßen eiserne Weise. Die Wohnung ist gleich hinter der Werkstatt, eine Frau hat es früher auch gegeben, darüber spricht der Schmied nicht. Die Zimmer sind makellos oder skrupellos reingehalten, je nachdem wie man es sieht, denn dazu gehört auch der Verzicht auf Häkeldeckchen und Nippes jeder Art, Untertassen und überhaupt Porzellanenes, damit kann der Schmied nichts anfangen. Eine Kammer, in die das Kind einmal hineinschlüpft, aber nie wieder, hörst Du? gibt es doch, in der die Schränke voll von allem sind, was eine Aussteuer ausmacht. Auch dort liegt kein Staub.

Die beiden Freunde, denn das sind sie seit zwanzig Jahren, auch wenn der eine schon fünfundsiebzig und der andere fünfundzwanzig ist, sitzen sich bei einem schwarzen, ungesüßten Kaffee gegenüber, in den nur von Zeit zu Zeit ein Schluck gehört. Der Schmied erzählt von Schlesien 1866, der Soldat von der Gefangennahme durch unanständig gut genährte Kanadier beim Zusammenbruch der Front in Frankreich, der Schmied dann von der List, mit der er 1870 der Einberufung entging, indem er nämlich so viel Honig fraß, dass der Musterungsarzt ihn für zuckerkrank hielt und mit einem strengen Diätplan nach Hause entließ. Dort sorgten dann die Bauern selbst dafür, dass der Schmied unabkömmlich war. Du warst also auch 1914 nicht für den Krieg, sagt der Soldat, damals hätte ich das nicht verstanden.

Der Schmied legt seine schwere Hand auf die seine und schaut ihn ernst an. Was Du erlebt hast, dagegen sind unsere Erinnerungen hoffnungslos veraltet. Merk dir das mit dem Honig. Wenn Sie dich wieder holen wollen, mach es wie ich. Vielleicht kommst Du davon. Denn dass es einen neuen Krieg geben wird, auch wenn ich ihn nicht mehr selbst erlebe, das ist so sicher wie das Amen in der Kirche. Das ich nicht mitspreche, Du weißt schon, ich mache da nicht mit. Trotzdem habe ich, seit dein Vater hier ist, keine Predigt von ihm versäumt, erst weil er noch so jung war, dann weil ich ihn immer lieber mochte, obwohl er Pfarrer war und auch gar nichts anderes sein konnte.

Draußen ist alles Matsch und Schlamm, dafür scheint die Sonne. Wenn er nach Arendsee gehen will, muss der Soldat sich sputen, aber er rechnet damit, den Einspänner ausleihen zu können, da der Vater nur noch an seine Predigt denken wird und ihn sicherlich nicht braucht. Tine ist schon gegangen, als er das Pfarrhaus durch die Küche betritt, um sich dort seiner Regenrüstung zu entledigen.

Der Vater ist dabei, sich Tee aufzusetzen, er gibt ihm zerstreut die Hand und ist offensichtlich ganz woanders, in den Straßen von Jerusalem vermutlich, die er sich erst ausdenken muss, ehe er über den Einzug in Jerusalem so predigen kann, dass es ihm selbst glaubhaft ist. Jesus hat er beim Versuch, die Geschichte zu erzählen, erst aus dem Augenwinkel gesehen, ganz so, als wisse er nicht, wer das eigentlich sei, dieser Mann auf dem Esel, dem so viel Volk zuläuft. So macht er es immer, auch wenn er schon einunddreißig Mal über die gleiche Stelle gepredigt und immer wieder die gleiche Geschichte erzählt hat, die er doch immer neu entdecken muss, wie einer, der sie gestern erlebt hat.

Der Pfarrer hat zu Mittag nur einen Schöpflöffel voll Suppe gegessen, sie ist noch warm, nimm dir davon, so viel Du willst, ich habe keinen Hunger heute, den Einspänner? Komm wieder, ehe es dunkel ist, dann mache ich mir keine Sorgen, nimm ihn ruhig, dem Pferd tut etwas Bewegung gut. Aber denk daran, dass es vielleicht regnet, spann lieber das Verdeck auf, ehe Du losfährst, wo willst Du hin? Um den Arendsee, das ist weit, aber gut, wenn Du meinst. Die Suppe schmeckt. Der Soldat hat nicht das Gefühl, dass der Vater wirklich mit ihm geredet hat, so gedankenverloren hat er ausgesehen, aber die Suppe schmeckt wirklich, eine dicke Käsesuppe, ganz vorzüglich. Am Sonnabend gibt es beim Pfarrer immer eine Suppe, das entspricht seinem Hunger, der ihn irgendwann in die Küche treibt, ohne dass vorauszusehen ist, wann es soweit ist.

Wie das Wiedersehen mit Valentine ausgehen wird, beschäftigt Gerd nicht weiter, es genügt, dass er eine erste Aufgabe hat, die er lösen kann, was immer dabei herauskommt. Der Wallach begrüßt ihn freundlich, das Verdeck spannt er auf, obwohl er nicht glaubt, dass er es brauchen wird. Da der Wind von Westen kommt, schützt es ihn sogar ein wenig, außerdem hat er so das Gefühl, wie in den Ferien unterwegs zu sein, es fehlt nur eine Beifahrerin neben ihm, die er in den Arm nehmen kann. So ist er in der richtigen Stimmung, um sich an seine Verliebtheit von vorgestern vergnügt zu erinnern, als einer Tatsache, die nicht mehr ganz ernsthaft ist, mehr einem Ehrgeiz entspricht, der plötzlich erwacht ist, weniger einem notwendigen Bedürfnis.

Arendsee samstagmittags ist von einer Öde, die erst recht spürt, wer von einem Dorf in die Stadt kommt und dort mit mehr Leben gerechnet hat, als ihm sonst geboten wird. Natürlich gibt es Gasthäuser. Aber da er eben gegessen hat, kommt es Gerd nicht in den Sinn, dass ein Mädchen nach der Arbeit Hunger haben könnte. Sie kommt fröhlich genug die Stufen des Kaufhauses herunter, hat ihre Haare unter dem verfrüht sommerlichen Hut vom Vorjahr aufgelöst, trägt ein eng anliegendes Kleid, das ihre Schlankheit vorteilhaft betont, alles ist, wie es sein soll, aber sie hat Hunger. Eine lange Ausfahrt um den See kann sie sich vorstellen, aber nicht gleich. Das ist eine Entwicklung, mit der Gerd nicht gerechnet hat. Der Vater hat ihm am ersten Abend etwas Geld gegeben, das er eigentlich nicht ausgeben wollte und am Abend in der Schnapsbude schon gehörig vermindert hat, gut, er schlägt vor, zu Hoffmann in Kläden zu fahren, wo ihm die Hochzeitssuppe so geschmeckt hat. So viel hat er dann auch wieder nicht gegessen. Valentine schmiegt sich an ihn und ist sehr einverstanden, denn bei Hoffmann, das weiß sie, gibt es reichlich und gut zu essen, auch wenn sie erst ein Mal da war, bei einer Hochzeit, wie sie verspielt anmerkt.

Wirklich finden sie auch noch einen kleinen Tisch für sich, auch verlangt Valentine nichts als die Suppe, mehr wäre ihr selbst als Verschwendung erschienen. Sie möchte bloß eine Limonade, weil es immer heißt, dass Damen in Gesellschaft eines anständigen Liebhabers eine Limonade bestellen, die ihr aber etwas zu sauer ist. Sie ist wirklich noch sehr jung, denkt der Soldat, dem Gesicht und Haltung der Mutter nicht aus dem Sinn gehen. Ob sie auch einmal so werden wird? Eigentlich deutet nichts darauf hin. Unvorsichtigerweise spricht er davon, wie sehr ihn die Mutter beeindruckt hat. Das ist, wie er schnell begreift, kein guter Weg, um ihr Herz, so wie es jetzt aussieht, zurückzugewinnen. Du kennst sie überhaupt nicht, sagt sie schnippisch und zieht ihren Ausschnitt gerade. Die junge Wirtin kommt und erkundigt sich, ob es ihnen geschmeckt hat, er bedankt sich und sagt nichts von der sauren Limonade. Valentine sieht weg, denn auch die Wirtin ist schön, auf eine verhaltene Art, die ihr nie gelingen wird. Wenn bei so etwas überhaupt von Gelingen die Rede sein kann. Vielleicht von einer Begabung, die das Gelingen schon einschließt, ohne Absicht. Als sie hinausgehen, wirft sie ihm das mit der Limonade mit spitzen Worten vor, bei denen er fast zornig wird. Aber sie ist doch hübsch, wie sie da ihre Schnute zieht, also zieht er sie an sich und will sie küssen, was ihm bis dahin nicht eingefallen ist. Fehler über Fehler. So kann es gehen.

Kläden hat damals noch keinen Bahnhof, aber im Gelände sind Landvermesser dabei, den Verlauf der Bahnstrecke von Salzwedel nach Arendsee und Wittenberge abzustecken. Sie haben ihre Pause gerade beendet, als der Einspänner vorüberfährt, grüßen herüber, was Valentine schon besser stimmt, da sie ihnen einen Blick zuwirft, der sie zu Pfiffen veranlasst. Jetzt lehnt sie sich zufrieden zurück und erwartet, dass Gerd sich ihr zuwendet, aber den beschäftigt anderes, er ist gedankenverloren wie der Vater vorhin, was beide offenbar gemeinsam haben, diese Insichgekehrtheit auch ohne besonderen Anlass. Vielleicht reut ihn auch nur die Geldausgabe. Jedenfalls bemerkt er nicht, dass Valentine jetzt in der Stimmung ist, sich jede Unverschämtheit von ihm gefallen zu lassen, aber diese Stimmung verfliegt zu einer Schläfrigkeit, die sie schließlich ganz ergreift, denn sie ist seit fünf Uhr morgens auf den Beinen. Erst die Mithilfe im Stall, dann der Weg nach Arendsee und die Arbeit im Kaufhaus, wo sie nicht geschont, aber gut bezahlt wird.

Der Einspänner nähert sich schon dem Strand an der Nordseite des Sees, um auf dem Rundweg am Seeufer entlang zu fahren, als der Soldat sich ihr wieder zuwendet. Er findet sie ganz entzückend, mit offenem Mund und über die Knie hochgerutschtem Kleid, als sei es Absicht, was es aber, das weiß er nur nicht, ganz und gar nicht ist. Er zieht die Zügel an und ganz sanft kommt der Einspänner am Seeufer zum Stehen. Was ihn dazu veranlasst, mit der Hand zuerst ihre Schenkel zu berühren, weiß er nicht zu sagen, sie wacht nicht davon auf, die Berührung scheint ihr gut zu tun, aber dann küsst er sie auf den Mund und sie erwacht zu einer Empörung, die ihn völlig überrascht, was sie merkt, um nun erst recht auf eine Art zu zetern, die ihn einschüchtert und völlig entgeistert. Sie weiß selbst nicht, warum sie ihn beschimpft, es ist wie ein Rausch der Macht, in dem sie sich gegen ihn behauptet und dabei etwas ausprobiert, das ihr bei einem anderen gar nicht in den Sinn käme. Vielleicht genau deshalb. Das beruhigt sich, hätte auch ins Gegenteil überschlagen können, wenn der Soldat jetzt nicht einfach weitergefahren wäre, was Valentine mit einem plötzlichen Verstummen und einem schüchternen Seitenblick quittiert. Er sagt nichts und schweigt auch den ganzen Weg um den See herum, auch als sie sich versöhnlich an ihn anschmiegt und sagt, es war doch nicht so gemeint, aber ich habe doch meine Tage, weißt Du, das muss dich doch auch freuen. Jetzt schaut er sie an und küsst sie doch, erleichtert vielleicht, jedenfalls sind sie jetzt gute Freunde. Sagt sie. Eben.

So geht die Fortsetzung seines Liebesabenteuers also unerfüllt, aber noch gut aus. Ohne anzuhalten fahren sie durch Ziemendorf nach Arendsee und heim. Jetzt fängt es wieder zu regnen an, was beide noch einmal näher zusammenbringt, unter einer Plane, die sie um sich hüllen, weil beide nicht regentauglich und überhaupt zu leicht für die Kühle des Tages angezogen sind. Sie sind jung genug, um das noch nicht zu merken. Valentine sagt leise, so ein schöner Ausflug mit der Kutsche, das ist doch etwas anderes, als mit dem Auto. Gerd denkt sich das seine und antwortet mit einem endgültig brüderlichen Kuss, der freilich sehr nachdrücklich ausfallen muss. In strömendem Regen fahren sie durch das Dorf, wo es schon dämmert, der Soldat fährt bis aufs Gehöft und trägt Valentine galant ein paar Schritte bis zur Eingangstür, aber über die Schwelle lässt sie sich nicht tragen, das wird ein anderer anderswo tun, wie beide jetzt sicher wissen. Hinter dem Fenster neben der Eingangstür ist Licht und sie geben sich bloß die Hand, ohne sich noch einmal zu umarmen. Ich bin froh, dass ich dich abends besucht habe, flüstert sie, bist Du das auch? Doch, das ist er. Gut. Dann wünsche ich dir für Montag schon eine gute Reise. Er hat nichts von seiner Abreise gesagt, aber im Dorf spricht sich alles schneller herum, als Leute in der Großstadt sich das noch vorstellen können. Rasch dreht sie sich um und geht ins Haus. Sonntags sind Mutter und Tochter bei einer Konfirmationsfeier in Kossebau. Vorbei also.

Der Ausflug fällt aus dem Rahmen aller Erfahrungen der letzten Jahre, er hat den Soldaten etwas erschöpft, aber auch das hat noch gefehlt, um ihn endlich ans Leben zu erinnern. Auf dem Hof spannt er im Regen das Pferd ab, führt es in den Stall und versorgt es. Der Einspänner muss draußen stehen bleiben, in der Hoffnung, dass es zu regnen aufhört und sein Verdeck dort trocknet, weil er mit aufgespanntem Verdeck nicht in die Scheune passt. Der Vater arbeitet noch immer. Gerd isst ein paar Butterbrote im Stehen und fühlt eine Leere, die er sich nicht erklären kann. Er füllt einen Zinnkrug mit Wasser und nimmt ihn mit einem Zinnbecher nach oben, der einmal dem Großvater gehört hat, von dem er fast gar nichts mehr weiß. Nur der Meisterbrief erinnert noch an ihn, der gerahmt links neben dem Fenster in der Kammer hängt. Schlossermeister in Seehausen in der Altmark. Er mag sich sein Leben nicht vorstellen, aber was er selbst erlebt hat, die Erfahrung, die er selbst beanspruchen kann, zerfällt ihm in lauter unvereinbare Teile.

Vielleicht sollte er doch an Nikola schreiben. Vielleicht ist sie doch bereit, ihm *poste restante* nach Rostock zu antworten. Vielleicht hat sie ein Kind, das jetzt fünf Jahre alt wäre. Vielleicht will sie ihn nicht mehr sehen.

Nikola empfängt ihn nach ihrer ersten Begegnung bei sich zuhause, ohne dass sie fürchten muss, damit den Argwohn der Nachbarn zu wecken. Es genügt, dass sie ihn vor ihrem Dienstmädchen als einen Vetter bezeichnet, der in Rostock zur Schule geht. In seiner Schuluniform könnte er ebensogut noch kurze Hosen tragen. Sie liebt es, Gerd ein wenig vor anderen zu demütigen, auch als Rekruten, um ihren Genuss an der Möglichkeit zu steigern, sich Spielen der Verführung zu überlassen, sobald sie alleine sind. Nicht jedesmal also, wenn sie sich sehen, bei weitem nicht, sie weiß sich zu schützen. Der Name, den sie trägt, Nikola von Glimmern, beeindruckt ihn, der Name ihres Mannes, der bei den ersten Angriffen auf die belgischen Linien gefallen ist, die schon weit zurückverlegt waren, der Name verbunden mit diesem irgendwie russischen Vornamen, Nikola, in den sich derart zu verlieben er sich nicht vorgestellt hätte. Der Mann ist ein Berufsoffizier ohne irgendeine Kampferfahrung gewesen. Sie spricht nicht von ihm. Die Heirat muss überstürzt vollzogen worden sein, kurz vor der Generalmobilmachung, als in der Armee schon bekannt war, was der Öffentlichkeit noch vorenthalten wurde. Von seiner Familie spricht sie nicht. Sie wird das Haus im Frühjahr verlassen, gemietet ist es, damit sie dort die Rückkehr ihres Mannes erwartet, der aus dem Krieg nicht zurückkommen wird. Vielleicht lebt sie trotzdem noch dort? Jetzt liegt der Mann in einem Soldatengrab auf feindlichem Boden, was sie als entlastend empfindet, denn schwarzgekleidet auf den Friedhof zu gehen, nein, das könnte sie nicht ertragen. Sie zieht es vor, am Meer entlangzuspazieren und sich vor den Pavillon zu setzen, um der Musik zuzuhören und ihren Blick auf einem der Musiker ruhen zu lassen, die dort sind, um angeschaut zu werden, von einer Frau, die unvorhergesehenerweise frei und unangreifbar ist. Die Männer befassen sich jetzt noch mit anderem, meist spielen sie Militär, auch die unbedeutendsten unter ihnen. Genau die fürchten ihren Anblick, sie ertragen es nicht, die Witwe zu sehen, haben Angst vor ihr, weil sie Zeugin einer Wirklichkeit des Krieges ist, der gerade die unbedeutendsten Männer nicht entkommen. Vielleicht ist Gerd noch kein Mann in ihren Augen. Es gelingt ihm nicht, sich darüber den Kopf zu zerbrechen oder ist vielmehr überzeugt, seit dem Augenblick, als er sich von ihr hat ohrfeigen lassen, dass genau das ein Zeichen ist, ein Mann zu sein, denn diese Ohrfeigen scheinen ihm eine Schwäche bei ihr anzuzeigen. Die gewalttätige Berührung hat ihn überwältigt. Er hat nicht zeigen wollen, dass ihm jede Erfahrung mit einer Beziehung fehlt, in der Ohrfeigen vorausbedacht sind. Sie weigert sich zuzugeben, dass sie sich auf einfallsreiche Art hat verfolgen lassen. Dann gibt sie es doch zu, als sie das erste Mal auseinandergehen.

Der Soldat liegt auf dem Bett in der Kammer und weiß, dass er keinen Brief an das Bild schreiben wird, das er von der jungen Witwe in Rostock bei sich bewahrt hat, über Krieg und Gefangenschaft hinweg, ohne weiter daran zu rühren als sich manchmal, wenn er allein und unbeobachtet ist, ihre Nähe vorzustellen. Er will nicht wirklich wissen, was aus ihr geworden ist, was ihr forschender Blick noch alles angerichtet hat, wen sie mit ihrem winzigen Busen verwundert und mit ihrer scheinbaren Nachgiebigkeit vorerst erfreut hat, um ihn dann ins Leere laufen zu lassen.

Gerd bedauert die Männer nicht, die sich so wie er in einen Wahn werden haben hineinziehen lassen, der Nikola gleichgültig lässt, auch wenn sie ihn braucht, um sich dann abwenden zu können. Ihr Gesicht schaut ihn an und erst, als es sich zur Seite wendet und von ihm wegsieht, meint er es mit der Hand berühren zu können, die er unwillkürlich ausstreckt und dann entmutigt sinken lässt, als sei er noch im Lager, wo er dieses Spiel manchmal treiben konnte, wenn andere im Raum waren, ohne ihn zu beachten, weil sie ähnliche Spiele trieben.

Die Erinnerung hat ihn ausgelaugt, auch der Ausflug mit Valentine hat ihm ein Wechselbad der Gefühle gebracht, nur der Besuch beim Schmied ist harmlos gut gewesen. Er tritt ans Fenster und sieht den Mond riesengroß über dem stillen Dorf dahängen, als österliche Versprechung, die ihm als Irrtum erscheint, obwohl er ihr gerne nachgeben würde. So ist er doch fast in der Stimmung für den Palmsonntag und die Predigt, von der er weiß, dass sie sich diesmal an ihn richtet, auch an die Gemeinde und die Kinder, die an diesem Tag in sie aufgenommen werden, vor allem aber an ihn.

Palmsonntag, 28. März 1920

Die Bauern misstrauen den Zeitungen, all dem was gedruckt ist und sie zwingt, sich an Gedanken und Vorschriften anzupassen, die dem Dorf fremd sind. Da es keinen Kaiser mehr gibt, haben sie Respekt vor der Staatsmacht nur, wenn sie eine Fortdauer der alten Ordnung vertritt. Ihre Frauen gehen zur Kirche. Die Männer verbringen ihre freie Zeit vor der Schnapsbude oder im Gasthaus. Dort entwickeln sie einen der jeweiligen Gesellschaft angepassten, persönlichen Anarchismus, den sie sonst nur in der Familie ausleben.

Die Schnapsbude ist gerade soweit vom Gasthaus entfernt, dass die Gäste hier sich von den Gästen dort nicht gestört fühlen. Manche, wie der Bürgermeister, wechseln gewandt die Straßenseite, je nach Wetterlage und Uhrzeit. Im übrigen nennt niemand die Schnapstrinker Anarchisten, so wenig wie die Stammgäste im Gasthaus. Die einen hält man für Trinker, was sicher wahr ist. Die anderen trinken. Das ist etwas ganz anderes. Der Pfarrer spricht mit den einen mehr, mit den anderen weniger, aber er schließt keinen aus, denn er interessiert sich für Meinungen schlechthin, egal wer sie vertritt. Wenn er welche aus der Schnapsbude unterwegs trifft, sind sie zurückhaltend, aber doch stolz darauf, dass der Pfarrer mit ihnen redet. Manchmal vertrauen sie ihm Verstörungen an, die er zu teilen versteht, ohne nachzugeben.

Der Pfarrer erlaubt sich nicht die Wollust des Zweifels wie seine katholischen Amtsbrüder. Er glaubt zu wissen, dass sie nicht zögern, ihn Tag und Nacht zu erneuern, um ihn dann erst richtig bereuen zu können. Vielleicht fühlen sie sich dem Zweifel auch in einem mehrheitlich lutherischen Land stärker ausgesetzt? Eines Tages hat er mit dem Priester gesprochen, der für die katholische Kirche in Stendal zuständig ist, größer als seine, aber winzig im Vergleich zu den großen lutherischen Kirchen in ihrer Nähe. Man begegnet sich nirgends, aber dort, auf dem Bahnsteig, stehen die beiden nebeneinander und begrüßen sich. Um sie herum bewegt sich eine Masse einfacher Soldaten, aber da sie in ein Abteil zweiter Klasse einsteigen, bleibt ihre Unterhaltung bis nach Magdeburg vertraulich. Wechselseitiges Verständnis ist das Ergebnis und der Priester schenkt dem Pfarrer ein Heft über die neue Enzyklika des Papstes zur sozialen Frage.

Dem Dorf erscheint der Papst noch als Höfling des Teufels, er ist ein entsetzlicher Verführer, von dem nicht mit Gelassenheit gesprochen werden kann. Der Pfarrer aber wird die päpstliche Broschüre aufmerksam lesen und gegen seinen Willen von der gründlichen Art und Weise beeindruckt sein, mit der hier einem Gegenstand begegnet wird, den die lutherischen Kirchen mit Zurückhaltung behandeln, da sie dem Staat und den wirtschaftlichen Kräften gegenüber, die in ihm walten, nicht wirklich frei sind.

In seine Predigten liebt der Pfarrer Friedrich den Großen einzuführen, den aufgeklärten, skeptischen und sarkastischen König von Preussen und Freund Voltaires, als einen unfehlbaren, bilderstürmerischen Gegenpapst, in dem ein Staat sich verkörpert, der mit dem wilhelminischen Kaiserreich nicht zu verwechseln ist. Das macht den Pfarrer nicht zum Konservativen, sondern zu einem versteckten Liberalen, der dem Kult des großen Königs als Gegengift zum herrschenden Militarismus patriotisch zugetan ist. Auch die widerspenstigsten unter seinen Schafen erkennen diesen Versuch an, einer Gegenwart Widerstand zu leisten, von der auch sie sich an den Rand gedrängt fühlen.

Manchmal entführt der Pfarrer sie in unsicheres Gebiet, wohin selbst der Schmied sich nicht traut. Aber sie sind zufrieden, dass ihnen zugetraut wird, ihrem Pfarrer dorthin zu folgen. So ist der Schmied beinahe sein Freund geworden.

Niemand hält sich mehr auf dem Kirchhof auf. Der Schmied nähert sich dem Eingang der Kirche, von der er sich vorher ferngehalten hat. Er schaut sich einmal um, ehe er am Grab der Frau Pfarrer einen kleinen Blumenstrauß niederlegt. Das Grabkreuz steht noch nicht, soll aber vor Karfreitag noch aus Seehausen gebracht werden. Ein paar Kränze auf dem Grabhügel sind schon arg zergangen und schlammbespritzt, die trägt er auf den Kompost, zwei sind noch gut erhalten, die dürfen bleiben. Er ist froh, dass er an die Blumen gedacht hat, denn als er das Grab zuletzt gesehen hat, sah es besser aus. Der Schnee hat ihm ein Kleid angezogen, das seine Kargheit verbarg, dichtet er für sich und erinnert sich daran, dass er die Predigt nicht verpassen darf.

Der Schmied horcht auf den Gesang, der aus der Kirche dringt, tatsächlich, der Pfarrer lässt schon außer der Reihe ein zweites Predigtlied singen, mit dem er dem Schmied ersparen will, zu spät zu kommen. *Herr Jesu, Licht der Heiden, der Frommen Schatz und Lieb / wir kommen jetzt mit Freuden durch deines Geistes Trieb / in diesen deinen Tempel und suchen mit Begier / nach Simeons Exempel dich großen Gott allhier.* Ein barockes Kirchenlied von Johann Franck, Nr. 122 im Evangelischen Gesangbuch für die Provinz Sachsen, im Verlag des Waisenhauses in Halle an der Saale 1916.

Der Schmied hat sich das Lied zu eigen gemacht, als spreche es ihn eigens an, als Heiden eben, der auf Eingangslied und Eingangsspruch und Sündenbekenntnis und Gnadenverkündigung und Gebet gern verzichtet und die Schriftlesung lieber zuhause vornimmt, damit er jeden Satz versteht, was nicht immer einfach ist. Das Glaubensbekenntnis verträgt er nicht, auch Dankgebet und Segen nicht, weil ihm das alles zu schnell geht und er erst zu beidem bereit sein muss, was er vielleicht sein wird, wenn es ans Sterben geht. Aber die Predigt braucht er, weil er in ihr zu finden hofft, was in der Gottesdienstordnung untergeht.

Palmsonntag ist das Ende der Kindheit. Der Pfarrer nimmt die weißgekleideten Kinder in die Gemeinde auf, nach dem Ende ihres letzten Volksschuljahres. Fast alle müssen am ersten April ihre Lehrzeit beginnen oder in Dienst gehen, ganz wie Erwachsene, nur für weniger Geld. Die kleine Feldsteinkirche hat heute ein ganz unschuldiges Festgesicht und ist so voll wie sonst nur an den Ostertagen und an Weihnachten. Die Leute stehen hinten bis an die Tür und machen dem Schmied doch bereitwillig Platz, denn dass er der Predigt ihres Pfarrers am aufmerksamsten zuhört, daran zweifelt keiner. Vor dem Altar stehen im Halbkreis die Konfirmationskinder und halten sich an den Händen.

Die Kirche ist warm, das schläfert ein, vor allem, wenn harte Arbeit den Alltag ausfüllt und nur der Sonntagmorgen eine Entspannung ist. Daher hören nicht alle zu, so sehr auch jedes Wort zählt, jedenfalls für den Schmied, vielleicht auch für den Soldaten. Der Pfarrer ist schon auf die Kanzel gestiegen. Der Schmied schaut zu ihm auf, aber der Blick des Pfarrers ist auf den Sohn gerichtet, der ganz vorn mit gesenkten Augen dasitzt. Bis auf das leise Knistern des Kanonenofens, der die Kirche von hinten her notdürftig erwärmt, herrscht Stille, in die der Pfarrer hineinspricht, nicht zu laut, denn das lässt die Aufmerksamkeit erschlaffen, nur zwischendurch sind Hebungen der Stimme sinnvoll.

Liebe Konfirmanden,
liebe Gemeinde,

was wir im Evangelium vom Einzug Jesu nach Jerusalem erfahren, das wirkt auf uns ganz anders als auf die Menschen, die dabei waren. Wir wissen, dass er Jesus Christus ist, unser Gott, der Messias und Erlöser. Aber die Menschen in Jerusalem wussten das nicht. Daher heißt es nach der Erzählung vom Einzug in Jerusalem im Evangelium des Matthäus, Kapitel 21, Vers 10: *Und als er zu Jerusalem einzog, erregte sich die ganze Stadt und sprach: Wer ist der?* Natürlich wussten manche Zeugen seines Einzugs nach Jerusalem schon, dass er ein guter Mensch war und dass er erstaunlich viel wusste für einen Mann vom Land, der nur kleine Städte aus seiner eigenen Erfahrung kannte. Das wird euch nicht so wundern wie viele, die in der Großstadt leben und nicht glauben wollen, dass es auf dem Land Menschen gibt, die über ihren Glauben selbst nachdenken. Manche haben also von Jesus gehört, aber für die Meisten in Jerusalem ist er ein Unbekannter.

Stellt euch vor, ihr kommt in eine große Stadt. Zuhause weiß jeder, wer ihr seid, aber dort? Wenn ihr von der Höhe nach Arendsee oder Seehausen oder Osterburg kommt, kann es sein, dass ihr dort bekannt seid und die Leute dort sagen, schön, dass ihr auch einmal zu uns kommt. Aber in Berlin? Dort werden sie euch die Kleider nicht vor die Füße breiten und Zweige in den Kot der Straße legen, damit ihr euch nicht die Füße beschmutzt, wie es im Evangelium heißt. Das taten sie früher auch nur, wenn ein König kam und eine Stadt besuchte, die ihn so willkommen hieß. Daher erregten sich die guten Bürger von Jerusalem auch so, als Jesus in Jerusalem einritt, darum fragten sie: *Wer ist der?* Niemand wusste das damals schon, auch die nicht, die ihm folgten und freudig begrüßten.

Aber manche Bürger von Jerusalem wussten genau, dass auf einer Eselin nur jemand so in die Stadt einreitet, der damit etwas ganz bestimmtes sagen will, nämlich das, was das Evangelium des Johannes, Kapitel 12, Vers 15, aus dem alten Testament zitiert: *„Fürchte dich nicht, du Tochter Zion! Siehe, dein König kommt, reitend auf einem Eselsfüllen."* Deshalb hat Jesus mit Vorbedacht dafür gesorgt, dass er auf einem Eselsfüllen nach Jerusalem einziehen konnte. Aber was er damit bezweckt, das wissen seine Jünger nicht. Sie kennen die Worte der Propheten lange nicht so gründlich wie er. Daher sagt das Evangelium des Johannes, Kapitel 12, Vers 16: *Solches aber verstanden seine Jünger zuvor nicht; sondern da Jesus verklärt ward, da dachten sie daran, daß solches von ihm geschrieben war und sie solches ihm getan hatten.* Aber in Jerusalem gab es viele Leute, die zwar von Jesus nichts wussten, aber genau verstanden, was er ihnen mit seinem Einzug auf einem Eselsfüllen zu sagen wagte.

Nicht nur die hohen Priester wussten, was beim Propheten Sacharja im 9. Kapitel, Vers 9, geschrieben steht: *Aber du, Tochter Zion, freue dich sehr, und du, Tochter Jerusalem, jauchze! Siehe, dein König kommt zu dir, ein Gerechter und ein Helfer, arm, und reitet auf einem Esel und auf einem jungen Füllen der Eselin.* Jesus kennt diese Prophezeiung, so wie sie uns überliefert ist, deshalb gibt er den Jüngern den Auftrag, ein Eselsfüllen und eine Eselin zu suchen, das Eselsfüllen, um darauf zu reiten, die Eselin als Tragtier, auf dem die Jünger ihre Habseligkeiten unterbringen können, ihre Kleiderbündel und was sie sonst an Zeug bei sich trugen. So konnten sie wie das Gefolge eines Herrn neben und hinter ihm hergehen und damit schon anzeigen, dass der Reiter auf dem Eselsfüllen jemand Besonderes war. In Vers 10 nun sagt der Prophet, was der König, der da arm in die Stadt einreitet, dort vorhat — *er wird Frieden lehren unter den Heiden; und seine Herrschaft wird sein von einem Meer bis ans andere und vom Strom bis an der Welt Ende.*

In der Zeit um Jesu Geburt, mit der unsere Zeitrechnung beginnt, hat dieser Satz einen ganz bestimmten Widerhall. Denn Palästina steht unter römischer Herrschaft, es ist Teil des römischen Weltreichs, über das der Kaiser in Rom regiert. Wenn Jesus sich als Friedensfürst zu erkennen gibt, kann das in den Augen der Römer heißen, dass er ihre Herrschaft in Israel durch seinen Frieden brechen will. So würden auch wir Erwachsenen uns heute gehörig fürchten, wenn so ein Friedensfürst bei uns einzöge, den wir doch so dringend brauchten wie die Bürger von Jerusalem damals. Das gilt nicht nur für uns Deutschen, auch für Amerikaner, Engländer, Franzosen, Belgier, Italiener, Russen und alle die Nationen, die jetzt im Osten und Südosten Europas ihren eigenen Staat gebildet haben. Jeder fürchtet, dass der Frieden, den ein Friedensfürst erklärt, zum eigenen Nachteil gerät. Dafür verurteilen will ich ihn nicht, wie viele im Deutschen Reich das tun, aber Thomas Woodrow Wilson, der Präsident der Vereinigten Staaten von Amerika, den manche Völker jetzt als ihren Befreier verehren, hat bei seinem Friedenswerk nicht bedacht, dass des einen Frieden in dieser Welt immer auch den Unfrieden des anderen stiftet. Immer zieht mindestens ein Land zugunsten anderer Länder den Kürzeren.

Jesus lebt also gefährlich, als er so, wie die Evangelien es beschreiben, nach Jerusalem einzieht und damit den Anspruch erhebt, die Worte des Propheten endlich zu erfüllen. Denn einen Friedensfürsten, der Frieden auf Erden schafft, hat es in der Geschichte Israels noch gar nicht gegeben. König David und König Salomon gab es, Könige der Juden, die wie König Wilhelm der Erste und König Friedrich der zweite in Preussen gerechte und gute Könige waren, die manche Gebrechen hatten und in ihrer Zeit doch bedeutend hervorragten. Aber einen Friedensfürsten hat Israel immer nur erwartet, nämlich den Friedensfürsten, dessen Frieden nicht von dieser Welt ist, den Messias, der auf Griechisch Christus heißt.

Der Lebenskreis Jesu vollendet sich, als er in Jerusalem einzieht, denn dort hat er als Kleinkind seine Darstellung im Tempel erfahren, die ein ganzer Kreis von Legenden umkränzt. Trotzdem ist er in Jerusalem ein Unbekannter, denn daran erinnert sich noch keiner, das geschieht erst sehr viel später. Wenn jetzt manche seinen Namen schon gehört haben, dann wegen der Wunder, die er tut, von denen eines besonderen Eindruck macht, später erst recht, weil es auf seine Auferstehung vorausweist. So heißt es im Evangelium des Johannes, Kapitel 12, Vers 17-18: *Das Volk aber, das mit ihm war, da er Lazarus aus dem Grabe rief und von den Toten auferweckte, rühmte die Tat. Darum ging ihm auch viel Volks entgegen, da sie hörten, er hätte solches Zeichen getan.* So groß und bedeutend und mächtig Jerusalem auch war, solche Wunder konnte dort keiner tun.

Die Menschen, die Jesus entgegenzogen und in die Stadt nachfolgten, brachten ihn daher dort erst recht in Gefahr. Das wäre heute nicht anders. Denn wenn sich irgendwo am Lande ein Prophet hervortun will, stört das die Leute, sagen wir in Berlin, so lange nicht, als er nicht auch dort versucht aufzutreten. So ist es unserem Gustav Nagel gegangen, den wir in der Altmark als einen Menschen kennen, den wir nicht für unbescheiden halten, sondern dem wir ganz bescheiden zugutehalten sollten, dass kaum einer von uns Jesus Christus so nachzufolgen bereit ist wie er. Wir sollten seinen Mut bewundern und uns fragen, ob wir diesen Mut selbst aufbringen könnten. Das sage ich besonders den jungen unter uns, die in eine neue

Zeit hineinwachsen und vielleicht nicht mehr verstehen können, was den Propheten vom Arendsee dazu getrieben hat, als junger Mensch seinen besonderen Weg einzuschlagen.

Jesus Christus tritt arm und schutzlos in diese Welt und ist doch reich, weil sein Reich nicht von dieser Welt ist. Er ist kein stark gerüsteter Machthaber, der die Welt zu retten wünscht, indem er unmissverständlich mit einem überlegenen Waffenarsenal jeden bedroht, der seinen Frieden nicht will. Dieser Friede kann immer nur ein Unfrieden sein, der Krieg um Krieg gebiert. Jesus Christus aber will Frieden stiften in einem Reich, dessen Bürger wir alle sind, auch wenn es nicht von dieser Welt ist. Er begab sich in Gefahr, als er in Jerusalem einzog, aber er musste das tun, um wieder zum Vater zurückzukommen, seinem Gottvater, von dem das Volk der Juden genau wie er selber wusste, dass er dort auf dem Tempelberg in all seiner Majestät verborgen wohnte. Natürlich wissen wir durch Jesus selbst, dass Gott in der Liebe wohnt und nicht an einem bestimmten Ort. Aber da er sich den Menschen als Sohn Gottes offenbarte, musste er nach Jerusalem gehen, um dort auf Erden gekreuzigt zu werden und mit der Rückkehr zum Vater zugleich sein Reich, das nicht von dieser Welt ist, ins Lot zu bringen.

Wie er sich selbst die Rückkehr zum Vater vorgestellt hat, sagt uns Jesus in seinem Gleichnis vom verlorenen Sohn. Heute will ich es an den Schluss meiner Predigt stellen, weil letzte Woche mein eigener Sohn zu mir zurückgekehrt ist und ich euch alle einladen will, sich mit mir darüber zu freuen. Im Evangelium des Lukas, 15. Kapitel, Verse 20-24, heißt es nämlich: *Und er machte sich auf und kam zu seinem Vater. Da er aber noch ferne von dannen war, sah ihn sein Vater, und es jammerte ihn, lief und fiel ihm um den Hals und küßte ihn. Der Sohn aber sprach zu ihm: Vater, ich habe gesündigt gegen den*

Himmel und vor dir; ich bin hinfort nicht mehr wert, daß ich dein Sohn heiße. Aber der Vater sprach zu seinen Knechten: bringet das beste Kleid hervor und tut es ihm an, und gebet ihm einen Fingerreif an seine Hand und Schuhe an seine Füße, und bringet ein gemästet Kalb her und schlachtet's; lasset uns essen und fröhlich sein! denn dieser mein Sohn war tot und ist wieder lebendig geworden; er war verloren und ist wieder auferstanden. Und sie fingen an, fröhlich zu sein.

Jedem von euch, der noch auf einen Verschollenen oder Gefangenen wartet, jeden von euch, der nicht aufhören kann, an die Toten dieses furchtbaren Krieges zu denken, der uns jetzt im Unfrieden zurücklässt, allen wünsche ich nun, dass sie so, wie Jesus es im Gleichnis sagt, ihren Frieden finden mögen.

Amen.

Nach dem Gottesdienst gibt es Tee und Butterbrote für die Konfirmanden bei Altenburg im Saal. Gerd geht nicht mit hinein, sondern unterhält sich noch mit dem Schmied, der diesmal doch bis zum Segen und zum Gelöbnis der Konfirmanden in der Kirche geblieben ist, weil zwei darunter sind, die ihn mit Onkel anreden dürfen.

Als es Zeit ist, spannt er auf dem Pfarrhof das Pferd an. Der Vater möchte mit ihm ausfahren, erst nach Thielbeer, um seinen Besuch beim Enkel des Bauern Goltz zu machen, dann nach Arendsee zum Spaziergang und zum wochenlang unterbliebenen Gespräch mit dem Propheten in seinem Tempel. Ohne noch einmal ins Haus zu gehen, sitzt der Pfarrer gleich auf und nimmt diesmal selbst die Zügel, da der Feldweg zwischen Heiligenfelde und Thielbeer tückische Schlaglöcher hat, die dort, wo er als Hohlweg zwischen hohen Hecken verläuft, noch schneebedeckt sind. Einmal gerät das Gefährt auch gefährlich ins Schwanken.

In Thielbeer gibt es einen Schluck bei Bauer Goltz. Seinen Enkel hat der Pfarrer in Heiligenfelde getauft. Die Tochter lebt eigentlich dort, im Nachbardorf. Einen Blick in die Wiege müssen sie werfen, dem Kind geht es gut, nur der Mutter nicht, die aus Schwäche das Bett hüten muss. Der Bauer und seine Tochter sprechen nicht miteinander, denn der Schwiegersohn sitzt nach zwei recht gewalttätigen Fluchtversuchen in Frankreich im Militärgefängnis und niemand weiß, wann er dort entlassen wird, während der Sohn des Bürgermeisters nach Belieben bei ihr ein- und ausging. Frau Goltz ist nicht zuhause. Sie hält wohl zur Tochter. Immerhin sieht der Pfarrer, dass der alte Goltz doch stolz auf den Enkel zu sein scheint, der den Hof einmal übernehmen wird, wenn er groß ist.

Der Alte hat geheiratet, als seine Frau hochschwanger war. Sein Sohn sah ihm nicht ähnlich. Gleich zu Kriegsbeginn ist er gefallen. Eine Tochter hat der Bauer nicht haben wollen. Die behandelt er, als sei sie von einem anderen, obwohl sie ganz sicher von ihm ist. Bei all dem gilt er als gutmütiger Kerl, trinkfest und nicht übers Ohr zu hauen. Einmal abgesehen von dem einen, der ihm bei seiner Frau zuvorgekommen ist. Alle in der Gegend wissen davon, hüten sich aber, darauf anzuspielen. Keiner will wissen, wer der Vater ist, nur der Pfarrer aus dem Nachbardorf weiß es, denn ihm hat es der frühere Ortspfarrer verzagt gestanden. Solche Dinge gehören zu den Seiten seines Berufs, von denen der Pfarrer bei der Vorbereitung nichts gehört hat. Das ist nun schon über dreißig Jahre her. Die Frau sieht schlecht aus, er wird sie nicht wiedersehen, denkt er bei sich und fürchtet, wieder in die gedrückte Stimmung zu verfallen, in die Marthas Tod ihn versetzt hat.

Auf der Chaussee nach Arendsee überlässt der Pfarrer wieder dem Sohn die Zügel. Der Schnaps macht ihn müde und eine Weile schließt er trotz des groben Pflasters die Augen.

Auch die Rückkehr des Sohnes hat er gefürchtet, weil sie ihn an die Mutter hätte erinnern sollen, die seine Frau auch war, aber merkwürdigerweise bleibt diese Erinnerung aus, so fremd und zugleich auf unerwartete Weise vertraut ist ihm der Sohn geworden. Er fragt sich, ob er sich als jungen Mann vor der Hochzeit 1888 in ihm wiedererkennt. Vielleicht hat Martha das auch getan, soweit sie nicht Mutter war. Immer war sie schon zur Stelle und verhinderte, dass er an den Sohn herankam. Vielleicht hat er sich das auch nur selbst vorgeschützt. Nun erinnert ihn der Sohn an sein Alleinsein.

Der Nachmittag ist strahlend hell, ein etwas stechendes Licht, das auf einen späteren Regen hindeutet. Von Thielbeer her kommen sie bei der Klosterkirche auf die Salzwedeler Chaussee. Sie steht an einem steilen Abbruch zum Seeufer. Das Kloster ist vor einem Vierteljahrtausend halb in den Abgrund gerutscht, der sich dort auftut, ehe brüllendes Seewasser ihn wieder ausfüllt, das in einer gewaltigen Woge die Kante seines neuen Umkreises überflutet.

Kreisrund ist der See seither und fast anderthalb Mal größer als vordem, als die Salzstöcke noch nicht ausgespült waren, aus denen er entstanden ist, ein gewaltiges Zyklopenauge, das in den Weltraum schaut und Dinge erblickt, die nur ein solches Riesenauge sehen kann. Das ist eines der Bilder, mit denen der Naturmensch die Leute erschüttert, der Prophet vom Arendsee, der dicht am Seeufer wohnt und barfuß geht, kalt duscht, von Gemüse und Nüssen lebt und doch einmal, als der Pfarrer von hinten durch die Küche in die Bäckerei an der Großen Brüderstraße in Seehausen ging, bei seinen Verwandten ein mächtiges Stück Schweinsbraten aß und höflich grüßte. Wie er überhaupt ein höflicher Mensch ist, dieser Gustav Nagel, dem der Pfarrer den Rückfall in die Fleischlichkeit umso leichter nachsieht, als sie ihn menschlicher macht. Mit dem Propheten unterhält der Pfarrer sich wenigstens drei oder vier Mal im Monat, meistens sonntags, aber auch sonst, wenn er in Arendsee zu tun hat. Pferd und Kutsche lässt er dann am Markt an der Tränke vor dem Rathaus, so auch heute.

Der Soldat tätschelt dem Pferd noch den Hals und legt ihm eine Decke über, seine Handbewegungen sind bestimmt und genau abgemessen, der Pfarrer kann sich nicht erinnern, eine solche Genauigkeit im Handeln früher bei ihm gesehen zu haben, dieses Soldatische. Noch bleibt der Sohn Soldat, solange er nichts anderes vorhat, das ihn beschreiben könnte. Der Prophet ist 1914 ganz begeistert vom Krieg gewesen, sagt der Pfarrer, so wie viele andere auch. Du auch, sagt der Soldat, aber deshalb habe ich mich nicht freiwillig gemeldet. Ich bin neugierig, ob er darüber redet, sagt der Vater, wenn er dich sieht und erzählen hört, manchmal hat er einen ganz klaren Blick, das schätze ich an ihm. Während er spricht, fasst er den Sohn am Arm, nicht um zu unterstreichen, was er sagt, sondern wie ein alter Mann, der sich abstützen will.

Verwundert schaut der Soldat ihn an und geht langsamer, denn der Vater ist tatsächlich alt und nicht nur älter geworden. Vielleicht hat er es doch mit dem Herzen, jedenfalls scheint der Tod der Mutter ihn wirklich erschüttert zu haben, dabei hat der Sohn geglaubt, dass er ihn viel mehr anging als den Vater, der sie doch auch geliebt und gedacht hat, dass sie bis zuletzt für ihn dasein werde. Jetzt ist er allein zurückgeblieben und gar nicht darauf vorbereitet gewesen, so wie sie es sicher gewesen ist, die immer weit vorausgedacht und mit dem Schlimmsten gerechnet hat, auch was ihn anging, den Soldaten, um den sie sich unendlich gesorgt haben muss. Ihn macht es wütend, dass er ihr diese Sorgen gemacht, dass man ihn gezwungen hat, ihr mutwillig Sorgen zu machen, die ihr vielleicht zuviel geworden sind. Der Krieg ist ungerecht gewesen. Das sagt er laut, ohne es zu merken.

Der Vater fasst ihn fester am Arm. So reden sie wortlos miteinander, bis sie zum See hinabgestiegen sind. Sie setzen sich auf eine von der Sonne getrocknete Bank. Gegen die kahle Wiese wirkt der See grau. Der Wind zupft kleine Wellen aus dem Wasser. Möwen krächzen. Das andere Ufer verdeckt als schwarzes Band den Horizont. Ein weites Meer im Hügelland der Höhe. Auf einem Steg sitzen Angler. Boote sind keine unterwegs. Im Krieg haben wir nichts brauchbares gelernt, außer unfrei zu sein, das hat uns so verändert, sagt der Soldat, dass ihr uns nur mühsam verstehen könnt. In der Nacht vor ihrem Tod habe ich geträumt, dass Mutter mich ruft. Als dein Brief später ankam, war ich nicht einmal überrascht. Da waren alle schon voller Ungeduld und erwarteten mit jedem Tag die Freiheit, während ich nur dachte, dass sie ohnehin zu spät kam. Der Vater schweigt. Der Sohn sagt sich, dass er schon wieder zuviel gesagt hat. Zum Tempelbezirk sind es nur ein paar Schritte.

Der Prophet steht am Zaun und zahlt den Druckereiboten aus, der ihm ein großes Paket neuer Postkarten gebracht hat, alles in kleiner Münze und so sorgfältig wie ein Kaufmann, der seine Kasse prüft. Erst schließt er mit dem Boten ab, dann wendet er sich dem Pfarrer und dem Soldaten zu und redet sie einzeln und freundlich mit Du an, was in seinem Munde angemessen klingt. Er trägt ein langes, mit Spitzen geziertes Hemd. Wie früher geht er barfuß. Sein Bart wirkt ganz gepflegt und scheint doch wild zu wuchern.

Immer wieder hat die Polizei ihn auf seinen Wanderungen, bevor er mehr oder weniger sesshaft wurde, einvernommen, weil gute Bürger sich darüber entrüsten, dass er Jesus für ihren Geschmack zu ähnlich sieht. Den Leuten ist das nicht zu verübeln, denn der Jesus, der bei ihnen als Öldruck an der Wand hängt, sieht genauso aus. In Arendsee haben die meisten sich an ihn gewöhnt. Er sieht aus, wie ein moderner Jesus aussieht. Das ist alles.

Die Postkarte, die von außen auf das Paket geklebt ist, zeigt ihn vor seinem Tempel, mit einem Lämmchen im Arm. Gerade noch rechtzeitig zu Ostern, sagt der Soldat mit verhaltenem Lächeln, echte Halbtöne, fast wie eine echte Photographie. Die Leute bekommen etwas für ihr Geld. Der Pfarrer runzelt die Stirn.

Nun ergreift der Prophet die Hand des Pfarrers und betrachtet sie prüfend. Die fleischliche Ernährung, sagt er kopfschüttelnd, wie viel gesünder wärst Du, hättest Du dich immer schon auf wahrhaft christliche Art ernährt! deine Hand verrät, dass dein Leib schwächer wird, auch wenn dein Geist stark ist. Iss kein Fleisch und wenig gekochtes, wenn Du schon nicht ganz darauf verzichten kannst, nimm kalte Bäder, das kräftigt im Alter wie in der Jugend. In anderem Ton fügt er hinzu, Ihr kennt meine Ansichten, vor allem nehmt mein herzliches Beileid entgegen, ich habe für Euch gebetet. Jetzt duzt er den Pfarrer nicht mehr, was bei ihm ein Ausdruck der Vertraulichkeit ist. Das Du gehört zum Habitus.

Auf einmal kommt der Prophet dem Pfarrersohn wie ein, zugegebenermaßen ungewöhnlich anziehender, ganz gewöhnlicher Mann aus der Gegend vor. Tatsächlich stammt Gustav Nagel aus der Wische, aus Werben, das vor langer Zeit eine Insel im Binnendelta von Elbe und Havel war. Am See lebt der Menschenfischer ein in die Zeit hineingefallenes Leben. Im Grunde sind die Leute in Arendsee stolz, dass sie ihn haben. Seine Postkarten kleben sie ins Familienalbum. Oft lassen sie sich mit ihm photographieren, auch das trägt zu seinen Einkünften regelmäßig bei.

Heute habe ich wieder mit den Kindern gesungen, sagt der Prophet, der Superintendent hat nichts dagegen. Sogar der Bürgermeister nicht. Seine Tochter singt auch mit. Der Pfarrer lächelt. Seit Ihr im Kirchenchor mitsingt, wollen meine Kollegen nicht mehr gern auf Eure Stimme verzichten, ich weiß. Eurer schönen Stimme verdankt Ihr viel. Ja, sagt der Prophet, nur meine Lieder wollen sie in der Kirche nicht. Um die zu hören, müssen die Leute zum See hinunterkommen, das ist auch besser so. An Ostern will ich sie hier mit den Kindern singen. Die alten Lieder aus der Zeit von Paul Gerhardt, sagt der Pfarrer, finde ich überzeugender als vieles, das später geschrieben wurde. Ich denke, Euch geht das genauso.

Unwillkürlich sieht der Prophet wieder wie Jesus aus, als er sagt, damals waren schlimme Zeiten, aber für einen wie mich, der in der Nachfolge Christi steht, waren es bessere Zeiten als heutzutage. Den Soldaten macht das alles unwirsch. Er wandert ans Seeufer und sieht, wie sich am Tempel ein Fensterladen schließt. Eine Frauenhand, also ist der Prophet wieder verheiratet, schade um die Frau. Dann nimmt ihn der Ausblick auf den See gefangen, dessen westliches Ufer sich schon stark verschattet hat. Als Junge hat der Soldat die sonntagnachmittäglichen Spazierfahrten oder Spaziergänge an den See genossen, hin über Thielbeer, zurück über Zühlen. Der Vater war dann gelöster als sonst, weil seine Arbeit für ein paar Stunden getan war.

Aber als der Sohn noch klein ist, kommt der Pfarrer oft zornig nach Hause, wenn er sich wieder mit Gustav Nagel auseinandergesetzt hat. Wenn er dann in seinem Arbeitszimmer alles zu Papier gebracht hat, sagt er aber auch, dass im Widerspruch zu ihm die besten Predigten entstehen. Inzwischen scheint er sich nicht mehr aufzuregen. Vielleicht hat der

Krieg auch das bewirkt. Beide sind unzeitgemäß geworden. Jetzt sieht der Soldat, dass der Vater sich nach ihm umsieht und dabei ist, sich zu verabschieden. Er kommt zurück und hält dem Propheten das Buch hin, an das er sich eben erinnert hat, vom Hutmacher.

Zum Pfarrer gewendet, dem er das Buch zeigt, sagt der Prophet, nicht wahr, über Rudolf Steiner müssen wir uns noch einmal unterhalten, der hat sich oft geirrt, aber mit großen Einfluss. Kennt Ihr sein Goetheanum? Ein Nietzscheanum sollte es zuerst werden. Mein Tempel ist viel bescheidener, aber ich tue aus meinen Kräften mehr als er, der so viele verführt.

Am Seeufer gehen Vater und Sohn bis an die Stelle, wo ein steiler Weg zur Klosterkirche hinaufführt. Worüber habt ihr Euch unterhalten? fragt der Soldat, als sie im Kirchenschiff einen Platz suchen, nicht zu weit vorne, um den rundbogigen Kirchenraum ganz zu überschauen. Über die Heimkehr, sagt der Pfarrer, über das Heimkommen des Sohnes zum Vater, was ich heute morgen eben gepredigt habe, das hat ihm gefallen. Aber was wird jetzt aus dir werden? Helfen kann ich dir kaum, Geld ist nicht vorhanden, Einfluss habe ich auch keinen, das betrübt mich, aber es ist nicht zu ändern. Mach dir bloß keine Sorgen, murmelt der Soldat, die Zeit ist vorbei, dafür hat der Krieg gesorgt. Denk an dich und nicht über mich nach, das lohnt sich nicht, ich schlage mich schon durch. Du hast es selbst schwer gehabt.

Dem Pfarrer ist es nicht recht, das wiederzuhören, was er selbst oft genug gesagt hat. So einfach möchte ich es mir nicht machen, sagt er mit einer gewissen Strenge, außerdem habe ich im Grunde mehr Glück gehabt als meine Vorgänger im Amt, die mussten fünfzehn oder zwanzig Jahre darauf warten, während ich meine Pfarre gleich nach dem Examen bekam.

Der Superintendent war Alter Herr bei einer befreundeten Verbindung. Dafür muss ich bis heute dankbar sein. Der Sohn schaut ihn an. Du bist also nicht stolz darauf, jetzt selbst bei deiner Landsmannschaft in Halle Alter Herr zu sein, sondern einfach dankbar, dass Du Pfarrer werden konntest. Der Vater schüttelt ungehalten den Kopf. Er sieht etwas wild aus, weil der Wind ihm die schütteren Haare zerzaust hat.

Ich habe dir nie erzählt, wie sie mich im Gymnasium in Seehausen verspottet haben, weil ich immer vom Turnen befreit war, immer kränklich, dann auch untauglich für den Kriegsdienst, was die Mutter erleichterte, aber ich fand es schwer zu ertragen. Du musst dir vorstellen, wie es damals war, als die lange Friedenszeit auf dem Land zu lasten begann, überall redeten sie noch von Frankreich, jedes Jahr war Sedanstag, das weiß Du doch, dann die Geschichten von den Düppeler Schanzen und von Königgrätz und ich konnte nicht einmal turnen und hatte nur die Bücher und die Hoffnung, wenigstens Pfarrer zu werden, mit dem wenigen, das die Mutter mir geben konnte. An ein Geschichtsstudium war nicht zu denken. Ich bin unter Wilhelm dem Ersten aufgewachsen und habe immer geglaubt, dass er nur ungern Krieg geführt und lieber Frieden geschlossen hat. Selbst Bismarck hat im Grunde die Kriege nicht gewollt, die er vom Zaune brach, er hat lieber verhandelt. Deshalb hat er unter dem zweiten Wilhelm auch gehen müssen, der den Krieg von Anfang an gesucht hat, in China und in Deutsch-Südwest, ehe er ihn dann endlich bekam, alles nur, weil er noch viel weniger für den Kriegsdienst taugte als ich.

Dann hast Du also auch gedacht, dass wir unter Friedrich dem Dritten besser gelebt hätten, meint der Sohn, unter ihm oder unter seiner Vicky. Das war ein schlechtes Jahr für Europa, sagt der Vater, als der alte Kaiser starb und sein Nachfolger so rasch nach ihm. 1888. Dieses Dreikaiserjahr, in dem ich die kirchliche Prüfung gemacht habe und Pfarrer wurde und deine Mutter geheiratet habe. Danach gab es nur Arbeit und immer wieder Sorge um dich, auch wenn ich die größtenteils deiner Mutter überlassen habe, immer mehr Arbeit und jetzt ist sie tot und wir sitzen hier und ich weiß erst dadurch, wie sehr ich immer schon auf sie angewiesen war, auch als ich sie noch gar nicht kannte. Ohne sie fühle ich mich einarmig, einbeinig, einäugig, einohrig, lächelt er bitter, solche Dinge gehen mir seit Wochen im Kopf herum. Niemandem kann ich davon erzählen, außer dir jetzt und frage mich, was Du dabei denkst. Der Sohn sieht die Augen des Vaters verschleiert und nimmt ihn nicht nur in den Arm, sondern umarmt ihn nun wirklich.

Vom Tod weiß Gerd zwar viel, aber nicht das, was der Vater da ausspricht. Sie sitzen so eng beisammen wie spätestens seit dem Jahr nicht mehr, in dem der Vater ihn nach Rostock schickt, auf die Große Stadtschule, weil er nichts mehr bei ihm lernen will und sich mit den Jungen im Dorf anlegt, um sich zu beweisen, obwohl sie ihn nicht anrühren dürfen und dann nur desto heftiger zuschlagen, weil sie für eine Ohrfeige ohnehin schon bestraft würden. Er freut sich damals über ein jedes blaue Auge, denn nachher vertragen sich alle wieder und er ist stolz auf das, was er insgeheim seine Mensur nennt, weil der Pfarrer nicht müde wird, vom Studium in Halle und von der schlagenden Verbindung zu erzählen, in der er dort Mitglied war, anders allerdings, als er es eben getan hat.

In der alten Klosterkirche ist es kühl, nicht kälter aber als draußen, eine Windstille der Geschichte umgibt die beiden, über die sie nicht weiter nachdenken müssen, so wenig wie über den Glauben, der sie auch dann noch verbindet, wenn sie ihn auf je eigene Art nicht oder ganz verloren haben. In so einer Kirche hätte ich lieber gepredigt, murmelt der Pfarrer, aber nicht in so einer Kleinstadt, sondern irgendwo anders, vor Leuten, die ich nicht in allen ihren Regungen kenne, das war immer mein Traum, konnte aber nicht sein. In einer Hafenstadt hätte ich leben wollen, Schiffe sehen, das Meer. Wenigstens hast Du den Arendsee, sagt der Sohn, vielleicht ziehst Du auch noch ans Meer, wenn Du erst im Ruhestand bist. Der Vater schüttelt den Kopf. In den Ruhestand entlässt meine Kirche mich nur, wenn ich für den Dienst und also auch fürs Weiterleben nicht mehr tauge. Davon hätte ich nicht mehr viel.

Eigentlich hat sich nichts ereignet. Trotzdem hat sich auf einmal ein Verhältnis hergestellt, in dem aufgehoben ist, was Vater und Sohn voneinander wissen und vermutlich nie oder nur durch Zufall erfahren werden. Als sie in die Dämmerung hineinfahren, prasselt ein Platzregen los, der sie trotz Hut und Mantel arg durchnässt, denn der Wind kommt von Südwesten, also fast von vorne. Als sie bei Altenburg vorbeifahren und um die Ecke biegen, hören sie Stimmengewirr aus den Türen von Gasthaus und Saal herausdringen, ein paar Leute stehen im Sonntagsanzug draußen, um im Regen frische Luft zu atmen. Sie sind froh, wieder zuhause zu sein. Der Pfarrer zieht sich ins Arbeitszimmer zurück und Gerd in seine Kammer, um noch im Abu Telfan zu lesen, um sich über sich selbst noch einmal zu vergewissern. Beide gehen spät zu Bett. Der Pfarrer liegt noch lange wach, denn auf den Sohn zu warten, hat ihn bis jetzt vor dem Gefühl bewahrt, endgültig allein zu sein.

Der Soldat schläft gleich ein. Den Schlaf herbeirufen zu können ist eine Gabe, die er im Krieg erworben hat, eine Fähigkeit, die dem Erhalt der Kräfte dient und damit dem Überleben. Im Traum vervielfältigt sich jedes kleine Geräusch, das von der nächtlichen Chaussee noch heraufdringt. Der Soldat findet sich mitten im Rückzug wieder, die Männer sind an ein Feldgeschütz geschirrt, dessen Zugpferde gefallen sind, es ist noch unversehrt und kann nicht dem Feind überlassen werden. Sie versuchen, die Überreste des Dorfs zu erreichen, das auf das Tal herabsieht, aber die Männer sind todmüde und man merkt, dass sie sich gefangennehmen ließen, bloß um etwas ausruhen zu können, um nicht an morgen mehr denken zu müssen. Granaten explodieren im Unterholz neben ihnen.

Zum Dorf, befiehlt der Soldat noch einmal. Auch er geht zu Fuß. Das Gepäck haben sie auf den Rücken seines Pferdes gebeugt. Sie kommen zu langsam vorwärts. Sie werden es nicht schaffen.

Montag, 29. März 1920

Als der Soldat erwacht, sieht er aus dem Fenster seiner Kammer in einen strahlenden Morgen hinein. Er öffnet das Fenster und lässt kühle Luft herein. Tagsüber wird es sicher warm werden. In der Regennacht ist der Frühling gekommen. Er wäscht sich gründlich und packt seinen Rucksack neu, in dem er nun die Uniform unterbringen muss. Als er mit fertigem Gepäck hinunterkommt, weist Tine ihn ins Esszimmer. Dort sitzt der Vater schon am ordentlich gedeckten Tisch und liest in der Rostocker Zeitung. Am Verkaufswagen von Bäcker Günther aus Seehausen hab ich frische Semmeln geholt, sagt Tine, gleich bringe ich noch Kaffee, geh er ruhig hinein. Den Rucksack stellt er in den Flur.

Beim Frühstück ist nicht mehr die Rede vom Palmsonntag. Der Pfarrer will nur an die Abfahrt des Sohnes und nicht an den Karfreitag und den Ostersonntag denken, an drei Gemeinden, die jede ihren eigenen Gottesdienst erwarten und nicht bereit sind, wie gestern zur gemeinsamen Konfirmation mit den Kindern nach Heiligenfelde zu kommen. Einen jungen Pfarramtskandidaten hat er wenigstens gefunden, der ihm in Dessau und in Kleinau je einen Gottesdienst abnimmt, das muss er freilich aus eigener Tasche zahlen und weiß nicht, wo er es hernehmen soll, da die Steinmetzrechnung auch noch vor Ostern bezahlt werden muss. Für heute will er an all das nicht denken, was ihn diesmal vielleicht nicht einmal unleidlich machen wird. Er glaubt nicht mehr, noch viel vor sich zu haben, aber nach dem Tod seiner Frau und der Heimkehr des Sohnes hat er das schwerste hinter sich. Bei diesem Gedanken lächelt er jungenhaft vor sich hin. Frühlingsgefühle eben. So findet ihn Gerd.

Noch ist es erst kurz vor neun, spät für das Dorf, wo um fünf Uhr die Arbeit schon beginnt, vor Ostern erst recht, weil die Feiertage hart erarbeitet werden müssen. Ein englisches Frühstück bereitet Tine ihnen zu, der Pfarrer hat englischen Reisenden im Hotel in Warnemünde diesen Wunsch abgeschaut und findet eigentlich nichts fremdes daran, denn gerösteten Speck, fette Würstchen, Spiegeleier, Kartoffelpuffer, Pilze aus dem Glas gibt es auch hier, nur die gebackenen Bohnen verlangen etwas Vorbereitung. Für Tomaten ist es noch zu früh. Altmärkischer wäre Lose Wurst oder Tote Oma mit Bratkartoffeln. Das gibt es auch so oft genug.

Der Soldat denkt an die Nahrungsaufnahme im Lager und hat schon Mühe, sich das Frühstück dort in Erinnerung zu rufen. Nichts bringt die Frühlingsluft, die durch das offene Fenster in das wochenlang verschlossene Zimmer dringt, ins Gleichgewicht, trotzdem hat er das Gefühl, das alles Wesentliche für ihn im Lot ist. Auf das Dorf hat er sich nicht mehr gefreut, um jetzt zu finden, dass er froh sein kann, wie langsam die Mühlen hier noch mahlen, nicht wie in der Stadt.

Das Frühstück dauert so lang, bis die Post ins Haus kommt und der Chinese mit an den Frühstückstisch gebeten wird, außer der Reihe und weil der Soldat fast schon bei der Abreise ist. In seinem Sack hat er einen großen Umschlag mit Poststempel aus Stettin für ihn, der in Wachstuch eingeschlagen und mit Karton verstärkt ist. Jetzt schaut er neugierig zu, wie Gerd den Umschlag öffnet und einen Brief darin findet, den er erst noch zur Seite legt. Der Karton schützt eine Porträtzeichnung, Bleistift mit geringen weißen Höhungen, ein junger Mann mit halb verschattetem Gesicht und etwas schütterem Haar, dessen Kragen ihn als Uniformierten ausweist, gezeichnet *H[anns] Schubert 1920*. Sein Kamerad hat die Zeichnung, die noch vor der Entlassung aus dem Lager Châteauroux entstanden ist, in einer großen Mappe mit anderen Arbeiten mitgenommen und rechtzeitig geschickt, damit sie hier noch eine Rolle spielen kann.

Wenigstens habe ich diesen Freund im Lager gefunden, sagt Gerd, sein Selbstporträt hat er auch gemalt, aber mit Deckfarben. Außerdem ganz viele andere Porträts, immer sehr sorgfältig, er ist ein sehr guter Zeichner, der genau auf den achtet, den er vor sich hat. Die französische Kriegerwitwe, die unsere Cantinière war, hat er sich damit gewogen gemacht, auch den einen oder anderen Bewacher, das hat mehr für die allgemeine Stimmung getan als alles andere. Im Lager hat er Kurse im Zeichnen und Malen gegeben, dadurch haben wir uns dort kennengelernt. Er hat richtig an der Akademie studiert. Auch sein Großvater war Maler. Vater und Mutter hat er im Lager sehr schön aus dem Gedächtnis gezeichnet, nachdem der Vater gestorben war. Hast Du den Pfarrer Schubert in Späningen denn gekannt? Der Vater nickt. Er war kein einfacher Kollege. Eigentlich habe ich ihn kaum gesehen. Seinen Patriarchenbart habe ich immer bewundert.

Das stimmt, lächelt der Sohn, so alttestamentarisch wie er hast Du nie ausgesehen. Der Pfarrer nimmt das Porträt in die Hand und hält es ins Licht des Morgens, der nun schon anfängt, angenehm warm zu werden. Kollege Schubert war stolz darauf, dass er aus einer langen Reihe von Pastoren stammte. Seine Frau ist wohl nach Dessau zurückgegangen. Hanns würde dir gefallen, sagt Gerd, er ist immer ausgeglichen und hat im Krieg nicht einmal den Glauben verloren. Der Pfarrer schweigt, denn ob er dazu etwas sagen soll, weiß er nicht. Ihr habt schlimmes erlebt. Halb scherzhaft sagt Gerd, immerhin haben wir Weltgeschichte gemacht. So sollten wir nicht reden, sagt der Pfarrer kopfschüttelnd, zwar ist es mir auch zuerst so vorgekommen, aber ich dachte dabei an etwas gutes.

Auch der Briefträger schaut sich das Bild nun an und sagt nachdenklich, der Zeichner hat etwas von dem festgehalten, was Du jetzt noch bist und lange bleiben wirst. Jetzt muss ich weiter. Alles Gute. Der Soldat steht auf, um den Chinesen an die Tür zu begleiten. Den Brief nimmt er mit. An der Küchentür macht er ihn auf. Ein Blatt, eng beschrieben, das er kurz überfliegt.

Der Freund ist eine Woche früher zurückgekommen, auch über Zürich und Konstanz, aber dann in Stettin mitten in den Staatsstreich hineingeraten. Dort bewaffnen sich die Arbeiter der Werften und wehren sich gegen das Freikorps, das die Macht ergreifen will. Der Kapp-Putsch zieht eine Frontlinie durch die Stadt, hinter der die Siedlung liegt, wo die Frau des Malers und ihre Mutter auf ihn warten. Der Heimkehrer in seiner Offiziersuniform wird für einen Putschisten gehalten und erst durchgelassen, als einer der Arbeiter ihn erkennt und sagt, dass er nur zu seiner Frau will und mit dem Freikorps nichts zu tun hat. Herzlich grüßt Hanns.

Als Gerd sich wieder an den Tisch setzt, räumt Tine gerade ab. Ob er den Brief vorlesen soll, doch, dann setz dich hin, Tine, sagt er, das wird dich auch interessieren. Ihr ist es eigentlich nicht recht, dass sie sich hinsetzen soll. Schließlich tut sie es doch. Wie sie so dasitzen, könnte man die drei für eine kleine Familie halten. Aber alle drei bleiben doch mit sich vollkommen allein und merken nicht, was an ihnen vorübergeht.

G. H. H. lebt und arbeitet in Berlin.

Veröffentlichungen:
Frühe Neuzeit. Gedichte
(hochroth 2014).
Geschichten aus dem Adlerhof
(hochroth 2012).
Gedichte in zwei Sprachen
(hochroth 2010)

Die Arbeit des Autors am vorliegenden Buch
wurde vom Deutschen Literaturfonds e. V. gefördert.

— BILDNACHWEIS
Die Einbandvorderseite zeigt ein gemeinfreies Foto der Straße nach Diest nach dem Gefecht bei Halen am 12. August 1914 aus der George Grantham Bain Collection (Library of Congress, Prints & Photographs Division, Washington, D.C., Signatur LC-B2-3249-2). Die Einbandrückseite bildet mit Genehmigung des Service historique de la Défense, DFA Caen, eine Karteikarte aus dem Zentralregister der deutschen Kriegsgefangenen 1914 — 1920 (Signatur AC 39 N 145) ab.

— GESTALTUNG & SATZ
Ann-Kristin Kühl

— DRUCK & BINDUNG
Prime Rate, Budapest

Zweite Auflage 2020
ISBN: 978-3-946574-10-1